三大總編來開講

對談

矢板明夫
日本《產經新聞》
台北支局長

李志德
《端傳媒》
前總編輯

孟買春秋
菲爾·史密斯
《路透社》前亞洲金融、
南亞、北亞總編輯

認知戰下的台灣

寫給新世代台灣人的備忘錄

孟買春秋喬伊斯
主持

玉山社編輯部
策劃主編

喬伊斯：做一個聰明負責任的閱聽人

主持這樣的資深編輯對談非常有意思，觀點來自不同年代、四面八方，聊起天來尖銳嘲諷、笑聲四起。

三位編輯中矢板是中國和日本通，志德在台灣、香港和中國之間遊走，菲爾則是貫穿歐亞。雖說我一輩子只當過記者，意見也不比他們少。於是四個分別出生於五〇年代，六〇年代和七〇年代的人，開始對媒體說三道四，加起來少說也有數十萬字，應該足夠出版好幾本書。

近年來台灣面對排山倒海而來的認知戰，如何規範如何預防，我的能力無法提供諫言，只能暗自希望最基本的媒體報導準則能勉強存活，年輕記者對新聞報導還存有真心熱情。

作爲記者的責任，是報導真相，是撥亂反正，是不偏頗不考慮經濟或是政治利益，這是我們對談時的共同認知。如果多數媒體人能謹守份際，負起更多媒體第四權的義務，那麼謠言和假訊息或許會減少吧？

認知戰這個現象並不只出現在台灣，在許多國家的大選之前都會出現，我們不過是趕上世界潮流罷了。不同的是，台灣有個虎視眈眈的鄰國，已經有報導指出中國的資訊戰，受影響排名第一正是台灣。

希望這本關於媒體和認知作戰的對談書，能夠在資訊淺薄爆炸的年代，提供讀者一些資深媒體人的經驗和看法，讓只看標題的人停下腳步，花一點點時間整理吸收釐清，做一個聰明負責任的閱聽人，不要讓我們的國家成爲認知戰的最大犧牲者。

喬伊斯

二〇二三年四月於八里左岸

菲爾・史密斯：媒體是民主和未來發展的磐石

最近政治大學研究所邀請我爲他們的國際新報導開課，在過去的幾年裡，我也曾在台灣大學和輔仁大學的新聞傳播研究所，以及輔大英文系開過與新聞相關的課程。

我不想造成我是只爲了他人福利、無私奉獻的利他主義者的印象，但是去開課當然不是爲了錢。和我過去幾十年所做的商業工作相比，這些講課費用是九牛一毛。

我這樣做是因爲我想在入行四十年後重新投入某種形式的新聞業，因爲新聞給了我如此有趣、充實而又令人興奮的終生職業。

也許更重要的是，我想試著確保我的一些學生在進入台灣媒體之後，能夠幫助本地讀者滿足他們對第四權的期望。此外，媒體有助於產生道德價值觀，因此我也希望他們對目前的模糊隱晦媒體運作，有釐清的作用。

台灣有一群苦苦掙扎、缺乏經驗的記者，他們顯然沒有報導寫作的基本技巧，很多時候還必須嚴格遵守出版物的政治傾向，或是提供資金者的命令。我希望我的經驗，能帶給他們一些幫助。

我很清楚有些年輕記者如果得到適當的訓練，就可能比現在好得多，但在台灣似乎只有一小部分媒體願意花時間、金錢或精力，訓練培養這些聰明的年輕人。

台灣媒體和台灣的民主一樣很年輕，雖已過了嬰兒期，但還很年輕。要建立平衡、世界級的媒體，在廣泛的範圍內提供廣泛的觀點，讓整個國家的人們都容易獲得，需要非常長的時間。

資金與台灣媒體的方向有很大的關係，這並不容易克服，例如藍營建制派在這個社會仍然擁有巨大的權力基礎，因爲歷史的骰子對他們有利，而且這樣的影響力不會在短期內大幅減少。

關於媒體，全世界每天都在討論的話題包括真理、誠實和道德指南，或者討論爲何三者皆缺，你只要看看英國和美國正在發生的事，就會明白這一點。

支持台灣民主和未來發展的磐石，應該建立在一個公正、平衡、誠實和有道德的台灣媒體之上，即使中國還會是房間裡那頭人盡皆知卻視而不見的大象。

菲爾史密斯

二〇二三年四月於八里左岸

矢板明夫：深受滲透和分化的台灣

三年前我剛剛來到台灣時，有一次坐計程車，碰到了一位和我年齡差不多的男性司機，非常健談。剛開始聊台北的哪一家牛肉麵好吃的時候，沒有任何異常。但是後來談到當時正在受全世界媒體矚目的香港問題時，我突然發現，他講的邏輯竟然和中共的官媒幾乎一模一樣。

「是香港學生勾結境外勢力」、「香港政府一忍再忍」、「只有暴徒毆打警察，從來沒有發生過警察毆打學生的事情」等等……我吃了一驚。因爲這些說法都是中國政府向國內外宣傳的內容，而當時在香港發生的真實情況，早已通過外國媒體傳播到了全世界。

我來台灣之前，在東京本社做了三年國際版的編輯。我所在的報社也有派記者到香港，每天都會發來第一線的報導。日本的各大媒體，雖然在內政、外交等很多問題上有不同的主張和見解，但是在追求真相這一點幾乎沒有差別。我敢肯定，沒有一家日本媒體會把中國共產黨的宣傳，當做真實來報導的。所有在日本的一般讀者中，幾乎沒有人會相信中國的宣傳。

但是，在同樣享有新聞自由的台灣，卻好像不一樣。

有很多媒體和自媒體，每天報導的消息大多是來自中國的宣傳。同時，台灣也有很多民眾，對這些假消息幾乎毫無懷疑的就相信了。

這或許可以說明，台灣是一個被撕裂的社會。有很多人對執政黨和被稱爲本土派或者台灣派的人充滿敵意，認爲他們做的每一件事都是錯誤的，而支持本土派的媒體，說的也一定是假話。

這幾年中國政府推行的對外擴張和戰狼外交，在國際上的形象非常差。我們可以看到，在美國、日本、澳大利亞，以及歐洲的很多國家，各種民調的結果不喜歡中國的人都佔絕大多數。但是在台灣，卻總有三成以上的民眾並不討厭中國。

在外國人看來，經常派遣軍機環繞台灣、不斷挑釁的中國明明對台灣有很大敵意，但是很多台灣人卻並不這樣想。他們偏偏認爲，挑釁的是台灣的執政黨。這說明，中國當局對台灣的滲透和分化做得十分成功。

當然，台灣的一些本土派媒體在報導中國問題時，也有一些偏頗。過於強調中國落後、虛僞、失敗的一面，而對中國的強項，往往選擇視而不見。這種偏頗，造成了他們的讀者對中國的了解也不客觀，這是需要改進的地方。

同時，緩解族群對立、努力促成和解，營造出一個團結的台灣，是執政黨的責任。在這個問題上，台灣的執政黨也有很多可以努力的空間。

這本書匯集了李志德老師、史密斯先生和我，三個媒體人對台灣媒體現狀的看法和分析。說的也許並不全面，但我相信，一定有一些參考價值。

希望台灣的媒體能夠做得更好，也希望台灣的社會團結。

矢板明夫

二〇二三年四月於台北

李志德：為什麼還要在乎新聞？

和矢板明夫及菲爾．史密斯兩位先生對談的這本書，聚焦在我們三人的本行：新聞媒體。

這幾年在台灣，「認知作戰」的說法非常流行，本書的內容也有相當一部分討論這個議題。台灣面臨的「認知戰」既然做爲一種「戰爭型態」，當然有它操作、發動的主體——一般認定就是中共政權。但我們對談的三人既然都是媒體工作者，我們更希望將焦點集中在讓這些虛假訊息得以橫行蔓延的土壤：媒體的崩壞。

台灣媒體的崩壞是多種疾病的綜合爆發：一部分原因來自新技術帶來了新的商業模式，例如網際網路或者手機這樣的移動端用戶取代了傳統的紙本平台，也帶走了大量的廣告收益。也有一部分來自媒體工作者和政治勢力自覺或不自覺的同盟或立場綁定，例如早年國民黨體制的依附者，或者在民進黨推動民主化時與之結成的「革命同盟」。當然，中共政權的收買更是近年來敗壞新聞專業的因素。

台灣媒體環境封閉更是崩壞的原因，這不是說台灣媒體沒有受到外來挑戰。恰恰相反，台灣媒體過去十多年其實遇上了強大的外來挑戰。只是這些挑戰要不就是毀譽參半——例如黎智英的壹傳媒集團，沒有辦法成爲拉動改革的力量。要不就是例如一些優質網路媒體，由於欠缺資金，無法成長到足以取代原本主流媒體的規模。而電視台更不用說，封閉的特許行業制度、壟斷的系統業，讓台灣的電視新聞台幾成不治之症。

封閉的專業體系、壟斷的商業環境，讓台灣媒體幾乎失去了自我反省、淨化的能力。在這種情況下，矢板和菲爾這樣的「外來觀點」就變得格外重要。很多人都領教過矢板一句話讓全場笑翻的功力，但他隨口冒出來的這一句話，卻是提煉自任職日本《產經新聞》期間，曾經參與寫作《鄧小平傳》、《習近平傳》的深厚功力。菲爾在《路透社》工作三十年，經歷南亞、北亞總編輯。這兩間新聞機構歷史悠久、法度嚴謹，因而由這兩位來評價台灣媒體，有一種特別是外人才具備的「清明感」。

這是台灣媒體最壞的時代，但容或也是最好的時代。當台灣成爲世界輿論的焦點時，世界各國主要媒體記者都會進入台灣，他們的採訪、報導方式，無可避免地像漣漪一樣，從他們的媒體，影響到台灣同行，最後到台灣的讀者和社會。這或許是在中共武力威脅升級，台灣受到舉世關注底下，我們的另類收穫。不要浪費這個拉動台灣媒體進步的機會，台灣媒體人要打開自己的圈子、接受外人的檢視，哪怕有些話聽起來刺耳。

只有良好的傳播環境和高品質的媒體內容，才能讓「認知作戰」的訊息根本傳播不開。我們無法阻止操控「認知作戰」的黑手不灑種，但我們可以讓這些種子就像一粒灰塵，輕風一吹就無影無蹤。

李志德

二〇二三年四月於台北

目次

第二章

人文、教育、以及所謂軟實力

第三章 台灣新世代、新文化

進入正題前的破冰暖身

矢　板：這事不是已經早就傳開了嗎？

喬伊斯：什麼事？我還沒趕上。

矢　板：沒有沒有，我們正在聊蔡英文訪問美國[1]，我寫這則新聞的時候台灣和美國正在交涉。目前還沒有確定，但有三個方案。

喬伊斯：所以蔡英文要去拜訪康乃爾大學嗎？

矢　板：這是三個方案裡的其中一個。

喬伊斯：說到媒體，這學期菲爾在政大「全球傳播與創新科技碩士學位學程」開了課，發現現在已經沒有學生要當記者了。那天我看黃哲斌寫了一篇文章[2]，就是在討論這個問題，去讀新聞所學傳播的，要去做公關或者是廣告，沒有人想當記者了，其實這讓我覺得很傷心。

矢板：前天政府機關記者聯誼會舉辦類似春酒或尾牙的記者之夜，歷來的傳統都有該機關提供的摸彩抽獎，首獎八千、第二大獎六千、……我連續三年去，結果今年《路透社》台灣分社社長（喬伊斯：白賓[3]。）和我抽到第二大獎，我們兩個都推辭了。然後我一捐出去，大家歡呼啊，他們又多一次機會。（大笑）

---

1 **蔡英文總統訪美**：日本《產經新聞》於二〇二三年二月二十五日報導蔡英文訪美可能的三個方案（https://t.co/Qtv2Ytr9dy），外交部當天澄清報導屬揣測，且與事實不符。然英國《金融時報》於次月九日亦在〈Kevin McCarthy to meet Taiwan's president in US to avoid China's ire〉、〈Taiwan's president Tsai Ing-wen to receive leadership award in New York〉兩則新聞中，報導蔡英文總統預計於三月底、四月初訪美國加州、紐約。

2 **黃哲斌**：「不只一次，學校老師要求我花點時間鼓勵同學，說明為何新聞工作仍值得投入，因為『新聞系大四應屆畢業生，沒有一個想進入媒體業』，一位老牌私校老師焦慮告訴我。」「……去年不只一所大學新聞系，報到學生只有一半。……一位老師說，『因為現在的孩子，比較想當YouTuber』。」詳文請參閱：t.ly/qWzF。

3 **白賓**（Ben Blanchard），二〇一九年十一月出任《路透社》台灣分社社長，漢語流利，曾被中國媒體稱作「中國通」。根據其領英（LinkedIn）資料顯示，一九九四年，白賓進入牛津大學攻讀漢語言文學，一九九八年獲學士學位，大學期間他曾在高麗大學做交換生。一九九九年，白賓進入台灣師範大學繼續學習漢語言文學，後來到《台北時報》做文字編輯。二〇〇三年一月起，白賓進入上海的《路透社》任職，負責汽車和航空領域的報導。二〇〇五年十月，轉任北京的《路透社》開始從事政治和外交領域的報導，二〇一二年升任高級記者。二〇一九年十二月卅一日，時任中國外交部發言人耿爽在回答完最後一個問題後，向即將告別藍廳的《路透社》駐中記者白賓道別並說：「如果我沒有說錯的話，白賓先生擔任《路透社》駐華記者已經有十六年了，是藍廳的常客，見證了幾位外交部發言人的進進出出，是老資格了，比我資格老。」

就是說我們媒體和政府，是官兵和賊的關係，對不對？我們拿你錢的話，怎麼公正持平監督你們？這是起碼的媒體道德，但是台灣大家都在那裡喊：「加碼！加碼！加碼！加碼！」

然後機關首長頒獎的時候，每個人都過去合照、簽名，我覺得那簡直是追星啊，這是你要監督的對象欸（大笑），台灣的媒體真的非常離譜。這個完全不對！這個關係處理也不對嘛。

李志德：我覺得現在大家也不講究這個事情，公司裡也不要求。最早《蘋果日報》剛進來的時候，對於收禮物能夠收多少錢，這些其實都有規範，《蘋果日報新聞自律執行綱要》在總則的「新聞報導應注意事項」中，便明確規定：「不收受不當利益，不做置入性行銷。記者及主管不能收受新聞對象贈送高於五百元以上的禮物。」

那我請教矢板一個問題，以前在中國大陸，你也每天都要退紅包嗎？

矢　板：對啊，我一般去退紅包的時候，他們在吵架，因爲媒體來了四個人，然後我去退紅包，馬上就多出了一個，怎麼處理就成了問題。

喬伊斯：在中國的時候這種情形特別多。

菲　爾：《路透社》一定會把錢退回，不管是哪個單位發的。

李志德：這個情況最糟的應該就是在中國大陸，那時候還聽過一個很可笑的傳聞，就是因爲有一些路線記者每天都有好多採訪，然後他會軋不過來。但是軋不過來，新聞上其實沒有損失，真正損失的是那些紅包，所以他就把在鄉下老家退休的爸爸找來，每天就去收他那些來不及收的紅包。

喬伊斯：我聽過。以前住在北京的時候我幫《路透社》基金會培訓中國記者，有一次吃飯時間大家閒聊講到薪水，有記者說：「喔，你們《新華社》每個月都有這個那個，還發日用品。」（李志德：灰色收入。）對，就是每個月發一大袋，還有幼兒園可以上。然後一個《新華社》的記者說：「但你也要知道我們的薪水沒有很高。」

他還說有一次領導跟他說：「這個月你出去外面很多次、賺了很多（車馬費），以後不要給那麼多薪水了。」這個記者說：「其實我們的薪水不多，是要靠這些他們給我的車馬費。」所以媒體活動抽現金大獎，實在很奇怪。

矢　板：我聽說過一個老記者，現在七十歲，過去任職某大報。他剛從大學畢業後去報到，某大報將其分發到台中，然後，兩個月上頭沒發薪水，他找上司去說：「怎麼沒發薪水啊？」上司說：「沒給你記者證嗎？」那位老記者說：「有。」上司接著說：「給你了還要薪水啊？」這是要他拿記者證去掙錢啊。（笑）

喬伊斯：有一次我在《路透社》基金會上課，其中有一個很漂亮的女孩子，在北京一個小電視台工作，可能她跟領導關係不錯，就讓她來上《路透社》的課。來了第一天之後就沒有來了，到了最後一天，五天課程的最後一天，她來要領證書，我說不能給妳，妳單位讓妳來上課，妳至少來坐著，不聽也沒有關係啊。她非常不高興。

那是在清華大學辦的，清華大學是《路透社》對口單位，這個女孩子還去跟清華大學的人說：「我今天開車來，車錢你們怎麼給啊？」這是當記者的嗎？後來課堂上有認識的人私底下說，她根本就是只想要一個記者證，因爲家裡有錢，長得漂亮，她可以出去說她在什麼電視台當記者就好，其實她根本不是打算要工作的，因爲跟領導關係好，她也可以來上課拿一個證書。我們最後沒有發給她，她應該是氣壞了。

第一章

認知戰時代

第一節

獨立媒體和自媒體

1.三大新聞總編的「資訊菜單」——每天看或偶爾讀哪些媒體？

喬伊斯：今天我們來談一談「獨立媒體」、「自媒體」還有「認知作戰」，這在台灣是非常非常嚴重的問題吧？我回來台灣整整住了三年，特別感覺到這個問題相當嚴重，現在最新的就是「蛋」的議題[4]。我就無法想像，爲什麼一個缺蛋的問題會變成這樣子。

剛剛我們來的路上也談到這個問題，菲爾說許多國家一樣缺蛋，英國則是生菜、番茄大缺貨，但即使是總是批評政府的報紙，他也沒有讀到要農業部門官員道歉下台的新聞。

這些認知作戰、假新聞在美國等等其他國家也有，但爲什麼對台灣來講，會是一個更嚴重的問題？我自己的看法是，因爲台灣有一個主權的問題在那裡，有人要把它拿走。認知作戰的問題對其他國家而言，是不管再怎麼樣把人民洗腦洗成什麼樣子，它還是一個國家，但台灣不一樣。

所以在獲取資訊方面，不曉得通常你們看新聞是看哪一些？我自己看很多台灣媒體報導，常常看，要看看它有多離譜。矢板平常看哪些新聞？

矢　板：嗯，我基本上是日本媒體，所以說日本的各大媒體、各大新聞的主要雜誌，我都會去看，譬如我們自家的《產經新聞》，以及《讀賣新聞》、《中日新聞》、《日本經濟新聞》、《每日新聞》，以及NHK、共同社、《日經商務》（日経ビジネス）、《週刊朝日》等。

4 **蛋荒議題**，是二〇二三年開春最大風波，農委會預估每日缺口為五十萬到八十萬顆蛋，而《上下游新聞》採訪資深蛋商及雞農，報導每日缺口上看五百萬顆蛋。事實上，除了台灣蛋價十年沒漲等產業結構問題外，由於史上最嚴重禽流感席捲全球，世界各地同時面臨蛋荒危機。

我目前派駐在台灣，所以台灣的重大新聞媒體也是涉獵關注的對象。當然我還是長年負責觀察中國，所以中國官媒像《人民日報》、《新華社》，我基本上也會天天看。所以說光看這些，每天花的時間就很多了。

喬伊斯：那志德通常看哪些呢？

李志德：我覺得「看」這個詞，其實有兩個意思。一個是吸收知識，對於吸收知識這件事情來講，其實我現在更可能依賴外國媒體的中文網，譬如說《BBC中文網》、《金融時報中文網》、《紐約時報中文網》，它是真的給我新知，我能從裡面學到東西或是學到知識。

至於一般的大眾媒體，雖然我自己當記者都鼓勵大家要回頭去看整份報紙——每天把一份報紙全部都看完，但是事實上我們也做不到。大多數時候我們跟一般人一樣，也都在社群平台、推特（Twitter）或是臉書（Facebook）上面看新聞，這時候就被「演算法」掌控了，它給你什麼你就看什麼。這是第一種看。

第二種看，講得比較直白，就是「看看他們在搞什麼」。譬如說中國的媒體或者是台灣一般的大眾媒體，就是看看他們操作什麼議題，議題本身如果我們不了解的話，就要稍微看一下，但大部分情況我們是了解那個議題本身的，我們就看他用什麼觀點去切入、去形成議題，這種看法比較像是資訊戰的觀察。

菲爾：我看的東西很廣泛，例如像烏克蘭戰爭這種重大新聞，我通常會看通訊社。我還會看德國、英國和美國如何報導，不過沒有特定的媒體。

英國報紙的話我常看《衛報》（*The Guardian*），因爲還蠻有趣的，但不是認真當成新聞來源。一般而言我沒有特別固定的媒體，如果想看比較單一的觀點，那就是《衛報》和《電訊報》（*The Telegraph*）。如果你看《彭博社》，那又是不一樣的觀點，因爲他們有一點政治性的導向，這是可以看出來的。我選擇的標準不是媒體，而是用新聞本身來決定看什麼媒體。看通訊社可以得到比較清楚的背景資料，如果想要知道美國觀點就看《紐約時報》，我認爲《華盛頓郵報》還是更好一點。當然當地新聞就得看當地媒體，才能有更深入的資訊。現在這個網路時代要找什麼都很容易，所以我會看看大標題，如果有興趣再搜尋更細節的當地新聞。

李志德：你會看媒體的官網，還是看社群媒體平台？

菲　爾：我自己是不用社群媒體的，因爲我覺得很多社群媒體上的東西沒什麼意義，我的時間有限也不想浪費時間。舉個例子，如果我想看關於中國的東西，我會看一下《南華早報》寫什麼，因爲特定的媒體有一定的消息來源。就算我在《路透社》工作了三十多年，我也不會只看《路透社》，我什麼都會看一點，不過我不會從社群媒體獲取新聞。

喬伊斯：我想因爲矢板還在線上跑，所以比較專注各大新聞媒體的報導，特別是中國的官媒新聞可能也看得比較多。而菲爾、志德你們兩位，似乎比較多是吸收資訊，然後再做判斷。至於台灣讀者，我想因爲被餵養得非常習慣了，因此他們很難去判斷，或者是很難自主想要去看一些東西，看到標題就相信、就下結論。

2. 對自媒體、獨立媒體和網紅的觀察與想法

喬伊斯：講到媒體，我自己的感受比較深的是對外國媒體的看法。台灣對外國媒體的看法我認爲有一點偏激，看到沒有罵中國或是沒有稱讚台灣，立刻就會有一些所謂的自媒體，或是所謂的獨立個人粉專，或是網路意見領袖，很快就會一窩蜂地去攻擊，貼上「親中」或「反台」的標籤。這個現象，我

覺得是越來越嚴重。

前一陣子在我們的簽書會上，有一個讀者提了一個問題：「像《彭博社》是非常親中，妳也在國外跑過新聞，妳有什麼看法？」其實我不覺得《彭博社》有特別的親中，但是只要他沒有稱讚台灣，或者說中國這個事情也沒有什麼不對，就馬上會被冠上親中這個標籤。我覺得在台灣，這是一個蠻嚴重的現象。不曉得你們有沒有看到這個現象？還有些所謂的自媒體，他們的看法是比較偏激的，甚至有一點好像是爲了煽動。

李志德：有的時候就因爲一兩篇文章，他就給你定性，矢板是被定性最厲害的。

矢　板：對。在台灣，對那些支持反對黨的藍色媒體而言，蔡英文做的所有事全是錯的，從來沒有一件事做對的。只要你說這件事做得對，那你就慘了。藍營這些人就群起攻擊你；但是相反的，你要是批評蔡英文做得不對，那你就是統派，這回就換作被綠營來攻擊。

關於這一點在台灣很明顯，大家都活在自己的同溫層裡面。其實台灣很少有中立的媒體，包括像《中央社》、《公視》上層也是隨著政權交替，人事不停地在變化。所以說，我覺得台灣很多「不得不戰」，台灣人確實對很多事就是非黑即白，這個現象是比較明顯的。

李志德：對。我覺得這裡面其實因素好多、很複雜，我們自己是新聞從業者，會知道這些傳播亂象其實是來自於產業秩序的崩潰、資訊傳播流的崩潰。

舉一個例子，以前政府發布的訊息，通過媒體才給一般受眾，但是現在這情況整個變了，政府的訊息——譬如說防疫的記者會——其實同時在YouTube上面直播，一般人不需要通過記者，他也能夠直接看、能夠留言，甚至能夠形成議題。

不論他本身是不是專家，或者根本不懂，但只要聲音夠大，大家覺得他有道理，他就能夠在資訊的傳播節點上，爭取到優勢位置，而爭取到優勢位置以後，他的影響力更大。長年以自己的力量爭取到優勢位置的這個人，就叫做「網紅」。

但是偏偏大部分網紅的產生方式不太健康，特別是那種包山包海、什麼都能談的那一種網紅，通常就是靠著非常偏激的言論吸引閱聽人，那你說有背後沒有中國操縱的因素？大家都懷疑，而且是合理的懷疑。

但另一方面，又不只是來自中國的操縱，還有來自網路的商業本質：流量多的人就掙錢多。第三個也是聯繫到商業本質，就是中國愛聽這些言論的人多，所以都去聽了朱學恆[5]，或者某某網紅。這也不見得是來自中國的指令，但是因爲大家都聽，很多人給他五塊錢、十塊錢贊助，他自然就收得多，他收得多以後就拉動他的言論一直往那個方向去走。

所以我認爲那是一個多發的因素，但是看在一般人的眼裡，用政治定性最方便，而且最符合普通人的理解。你跟他解釋整個媒體產業的崩潰，他聽不懂也覺得不需要知道，而且太複雜的論述在站隊上面是不利的。所以我覺得一般人對媒體的看法就是這樣。

矢板：我在這裡稍微補充一下，比如說這次的九合一選舉，我們看到所有的綠媒天天在打高虹安[6]，然後藍媒基本上不碰這個問題，但是藍媒就專打棒球場[7]、假論文[8]等議題，這方面綠媒基本上袖手旁觀。

---

5 **朱學恒**（1975-），翻譯作家、主持人、時事評論員及直播主等。其YouTube頻道《朱學恒的阿宅萬事通事務所》自稱是世界最強反塔綠班直播頻道，是二〇二二年斗內（贊助Donate）第一名，也是全台灣所有網紅中第一個斗內破千萬的人。

6 **高虹安爭議**：二〇二二年新竹市長選舉時，參選人高虹安相關主要爭議計有：博班論文疑似爭議、公費赴美讀博班、違反資策會兼職規定、疑非法領取助理費等。雖備受爭議，高虹安仍順利當選。相關爭議詳請見：https://w.wiki/6Sue。

7 **新竹棒球場爭議事件**：斥資近十二億元重建的新竹棒球場，因趕工導致球場養護出問題，造成球員受傷，球迷全面「炎上」，成為二〇二二年新竹市長選舉中的重大議題之一。而全面改善後，代表棒球經典賽（WBC）的美國大聯盟（MLB）場務專家庫克（Murray Cook）實地到場勘察，也對修繕成果給予正面肯定，但新市府交接後給予完全不同評價，因此無緣舉辦WBC熱身賽。

8 **蔡英文論文門事件**：二〇一九年起發生，爭論點是中華民國總統蔡英文是否真的有依程序取得倫敦政治經濟學院（LSE）之博士學位。倫敦政治經濟學院於二〇一九年在其網站發文確認了蔡英文博士學位的真實性，並確認了高等法律研究所（IALS）一九八五年出版的索引文檔「英國法律研究1905-1984」中有蔡英文的論文條目。二〇二二年倫敦大學亦聲明目前不清楚論文是如何被保存在圖書館裡，但這不影響該學位授予的正確性，並且嚴正否認任何虛假指控。然而質疑者認為倫敦政經學院、倫敦大學系統為保護學校的名聲，和蔡英文利益一致而給予掩護。相關詳細整理請見：https://w.wiki/6Suk。

所以說，如果只看藍媒或綠媒的話，這世界上發生的事情你只知道一半！這已經不是報導上輕重緩急的問題，而是完全不碰的問題啊。我覺得這個是台灣媒體一個蠻嚴重的現象。

3.經營自媒體[9]和新聞報導應有的準則

喬伊斯：關於經營自媒體，其實我不是很清楚定義是什麼。

李志德：自媒體當時最早在提出來的時候，其實有兩個角色。第一種是新聞的生產者，大家曾經對於「獨立記者」這個身份有點浪漫的想像——今天我是個關心地方的人，或者我是對於哪一個事情有特別關注、有特別專長的人，那我就開始去採訪新聞。新聞社群因此倡議在制度上應該給這些人保障，因爲人人都有權利採訪新聞嘛，自媒體於是從這個概念誕生。

把這種理念實踐得最好的就是朱淑娟[10]，她在建制[11]媒體裡面工作了十年多，然後她自己決定出來做一個《環境報導》的部落格自媒體，做得很成功。

另一種「自媒體」是一些在網路上有聲量的人，其實很多都是以評論為

---

9 **自媒體**（self-media或we media），係指一般大眾藉由網路手段，向不特定的大多數人或者特定的單個人傳遞規範性及非規範性資訊的新媒體，即由下而上的傳播方式。亦有稱「**草根媒體**」、「**個人媒體**」、「**公民媒體**」。美國新聞學會媒體中心於二〇〇三年七月出版《自媒體研究報告》對「自媒體」的嚴謹定義為：「『We Media』是普通大眾經由數位科技強化、與全球知識體系相連之後，一種開始理解普通大眾如何提供與分享他們本身的事實、他們本身的新聞的途徑。」詳見：https://w.wiki/6Suo。

10 **朱淑娟**，台灣獨立記者先驅，也是國內最重要的環境新聞報導者之一。其在主流媒體任職十年後，二〇〇九年成為獨立記者，二〇一〇年首度以獨立媒體之姿榮獲卓越新聞獎三項獎項，刷新個人得獎紀錄。後以空氣、水資源、土地正義報導，獲得曾虛白公共服務報導獎、台達能源與氣候特別獎等多個重要新聞獎項。著有《做為獨立記者：寫好新聞的十個心法》。相關介紹可見〈一個人的報業〉：https://www.feja.org.tw/55736。

11 **建制**（the establishment），是指支持主流與傳統、主張維護現有體制的勢力。這一術語用於描述控制政體或組織的統治集團或精英，可能存在於一個封閉的社會團體，或在特定機構中根深柢固的精英階層。現代意義上的「建制派」由英國記者菲爾利（Henry Fairly）普及，一九五五年他在倫敦《旁觀者》雜誌上將由知名的、有良好關係的人組成的脈絡網定義為「建制派」。他寫道：「『建制派』不僅指公共權力中心——雖然他們肯定是其中的一部分——還指行使權力的整個官方和社會關係矩陣。除非公眾認識到權力是在社會上行使的，否則便無法理解英國（更具體地說是在英格蘭）的權力是如何行使的。」詳見：https://w.wiki/6Sup。

主，就是把自媒體的概念用到個人脫口秀（talk show）去了，對於現在網路上惡搞的、假扮中央電視台的[12]，我們都認爲他是自媒體，儘管他未必產生任何有意義的訊息，純粹就是搞笑，甚至是個商業活動，但我們都覺得：喔，他好像應該是自媒體。

後者這類「自媒體」，如果真要稱「媒體」，最大的問題其實出在我們對於媒體的期待，其實是要有一個嚴謹的編輯台，有一個嚴謹的查證過程，就是說新聞產生的流程當中，有一個非常重要的關口——編輯的把關。但是後一種自媒體因爲只有一個人，確實沒有辦法做到把關，當他聲量又大的時候，就藉著這個社群平台直接推到了受眾的前面。當然不只自媒體廢弛了查證責任，包括建制媒體都將把關這件事情廢弛了。所以現在的資訊爲什麼汙染多，我覺得是來自於不管自媒體還是建制媒體，絕大部分的媒體對把關的工作鬆懈，編輯台的工作都被架空、放棄了。

喬伊斯：那像你們社裡面的這個把關機制是怎麼樣的呢？我覺得台灣好像已經很少

有人在做把關這些基本但重要的工作，寫了一個稿子發出去，然後記者寫什麼就算是什麼。

李志德：不過，我覺得日本跟英美通訊社應該都還算嚴謹。

矢　板：台灣新聞媒體在報導的查證、編輯和糾錯訂正上都應該更嚴謹。最近我在臉書上也介紹了劉文正去世的錯誤報導[13]，這件事可以說是今年在台灣見到的最大的「假新聞」了。劉文正去世的消息來源，它是單一渠道的——經紀人說謊。在日本，當媒體要報導新聞案件涉及當事人去世的話，你至

---

12 **眼球中央電視台**（EYECTV），二〇一五年在YouTube開播，主播視網膜（本名陳子見）自稱「中華民國官媒」，模仿中國中央電視台的報導形式製作如同新聞報導的惡搞影片及串流直播，嘲弄大中國主義與保守思想，題材以海峽兩岸政治、公共議題為主。但二〇二二年，眼球中央電視台則以正經的新聞報導〈【星期一現場】今日烏克蘭 明日台灣？烏姊妹寄生華沙重拾第二人生抗中必看的烏克蘭劇本〉，入選該年卓越新聞獎不分媒體類國際新聞獎。

13 **劉文正**（1952-），被譽為華語歌壇「偶像始祖」，是七〇、八〇年代華語流行樂壇的代表性男歌手，他的歌曲流行於台灣、中國大陸、東南亞、香港等地，具有廣大的影響力。二〇二三年二月中旬，前經紀人夏玉順爆料劉文正去年底因心肌梗塞病逝於美國，台灣各大報紙均用整版刊登追悼文章，各電視新聞台也爭相回顧其生平。詎料不到一天就出現驚人大逆轉——劉文正還健在，病逝純屬誤傳。

少有雙重渠道，也就是說，我們基本上要有兩個不同的渠道確認同樣的消息，你才敢寫嘛。如果有重大新聞人物過世這類重要事情的話，就要三個渠道。

所以我講我剛當記者的例子，當時在產經新聞的社會部接受培訓，有一天早上剛進公司，就看到電視的字幕跑馬燈在播放「某著名作曲家去世」的新聞。當時，社會部裡有八台電視，二十四小時不停播放日本六大電視台和CNN、BBC的新聞節目。

我剛剛坐下，社會部的次長就過來說：「某作曲家好像過世了，你去確認一下這個消息是不是真的。」我隨口答道：「除了兩家英文台，六家電視台都報導了這條消息，應該不會是假的吧？」次長聽了，非常生氣地說：「當記者，寫下的每一個字都要是自己查證過了的。涉及到別人生死的新聞尤其重要，最少要從三個不同的資訊源確認過才能寫。」

於是，我乖乖地坐下來開始打電話。花了一上午時間，雖然沒有聯繫到家屬，但從這位作曲家的兩位好友、醫院、殯儀館，都確認了這位作曲家過世的消息。還問到了過世的時間、病名，以及和親友們最後互動的一些細節。當我寫完稿子，才知道早就有前輩記者把稿子寫好了。次長讓我打電話採訪，不過是公司爲了訓練新人而已。這件事情，給我留下了深刻的印象，在我後來的記者人生中，受益匪淺。

但是劉文正這次的新聞就是一個孤證。我覺得如果重要的新聞，爲了搶新聞，報出來可以，但是台灣記者他們做的是整版的追悼特輯！那就有點做得太過了，還沒有確認的消息就這樣處理新聞。我覺得還有一點，報錯是難免的吧？有時搶新聞的時候會報錯，但是報錯之後的「態度」更重要！到現在爲止，也沒有一個道歉。這次誤報劉文正過世的烏龍事件，我看到很多台灣媒體把責任推給了前經紀人。我個人覺得，這不是一個負責任的態度，對劉文正本人沒有一個正式的道歉，令人感到有些遺憾。

李志德：現在台灣新聞媒體常常把網頁默默撤掉、把寫錯的資訊直接修改掉，就算了。

矢　板：這個如果在日本發生的話，是從我們社長、編輯局長都要減薪水的，然後在報紙頭版上要道歉，還會用整版篇幅說明爲什麼報錯，把整個採訪的細節全部曝光出來，仔細檢討我們到底哪一關出了問題？我覺得這是一個基本的態度。

報錯難免，但認錯的基本態度非常重要。日本的報紙，基本上都有一個「訂正」欄目，告知讀者前幾天報紙寫錯的地方，並道歉。如果出現誤報別人過世之類的大事，就會由總編輯在頭版撰文，向當事人和讀者致歉，幾天後還會刊登調查報告，詳細告知採訪過程，並反省爲什麼會報錯。

今天的自媒體，大家都可以看到各種各樣的消息。而爲什麼傳統媒體要收費？收費和不收費的最大不同，其實就是有沒有「信賴的關係」，也就是說，傳統新聞媒體值得讀者相信。否則的話，消息都是免費的，網路和自媒體的普及，使記者更容易得到消息。那麼我覺得做自媒體就是可以任意評論，因爲我沒收費嘛，所以說沒有嚴謹查證的義務。

喬伊斯：我覺得是沒有一個界線在那裡，就是記者以爲自己只是一個自媒體，所以可以隨便寫，然後自媒體反而以爲自己是一個真正有規模的媒體，好像可以發布什麼權威消息，所以這個界線非常非常的模糊。

我想《路透社》跟《產經新聞》這樣老牌有規模的媒體是比較類似的，就是你希望一篇稿子從寫出來到發稿，必須要層層把關。例如《路透社》在台灣的稿子，可能社長或是至少另一個同事必須要看過一遍，然後送到亞洲總部新加坡去。現在因爲越來越講求速度時效，很多新聞不再需要送到總部，但是一定要有第二雙眼睛去把關，不是一個人自己寫、自己發。就像矢板講的，必須要有兩方面的消息來源，是一樣的意思。

菲爾：所以這就是社群媒體危險的地方，很多時候所謂的新聞都是製造出來的，然後說這是新聞，英國的八卦媒體其實是始作俑者，我相信在台灣這個情形也很常見。社群媒體上有各式各樣不具名的陰謀論，隨便選三個推特發文，媒體也可以煞有其事大肆報導。我對這種亂象特別生氣，或許也是這樣，我一點也不想有推特帳號。

我剛開始跑新聞的一九八〇年代，報導的方式和傳播媒介都有限制，於是我們只在有限的時間裡去報導有限的新聞。接著有了全天候的新聞台，人們喜歡這樣的模式，但 BBC 全天二十四小時都得報新聞，這是很困難的。然後進入了網路世代，幾乎是必須每分鐘都得推出新的內容。爲了要吸引讀者，自導自演或是製造新聞的現象就發生了，製造新聞之後還要煽情誇張，因爲他們需要點閱率，因爲那是金錢的來源。

很多我們現在在網路上看到的東西根本不是新聞，而且這個現象越來越嚴重，我一點也不想去看那些跟垃圾一樣的所謂新聞。

但是另一方面媒體經營的確也很困難，報紙一天出刊一次，把固定的版面填滿很容易，可是網路世代有二十四小時要填滿，最後只好凡事誇張煽情，以填滿爲要務，毫無新聞準則可言。最後都還是得牽扯到錢才能經營下去，這是無法改變的一個生態。

試想新聞台整天開著，重大新聞例如烏克蘭戰爭，例如侵入他國領域的中國高空氣球，記者可以負責盡力去好好報導這些新聞，但這幾條新聞能夠整天重複嗎？最後就是在網路上找些資料，拿幾個推特發文說全國都在討論這件事，但事實是這樣嗎？並不是，但是水準不高的媒體也不在乎，他們只要你看到標題就點開來，那麼就有點閱率，錢從這裡來，然後繼續經營下去。

李志德：劉文正這個事情我想追問一下兩位，在日本跟《路透社》新聞準則（Reuters' regulation）裡面，你們允不允許這樣處理？就是如果非得搶這個新聞不可的話，能不能在即時新聞裡面先報說：「有人說劉文正死了，但我們還在查證。」

菲　爾：這是只有一個新聞來源的新聞，《路透社》絕對不會這樣做。

李志德：《路透社》是否一定必須完成事實查核才報導呢？

菲　爾：《路透社》的新聞一定要經過查核。你絕對不能隨便聽到一件事就發新聞，而且一定要有兩個新聞來源。

「水門案」（Watergate）充滿爭議就是因爲只有一個新聞來源，當時決定要報導時，報社內部經過許多討論爭執，最後決定報導。所以單一新聞來源就報導還是有例外，例如水門案，因爲這條新聞揭發了許多重大的驚人內幕。但是這種情形是很少的，而且通常很危險。

喬伊斯：如果瑪丹娜的經紀人說她過世了，你會怎麼處理？

菲爾：首先你必須確定這個人真的是她的經紀人，然後你必須挑戰這個人：我們如果報導這個死訊，你必須具名，所有人都會知道這個訊息的來源是你。除此之外《路透社》一定會需要第二個消息來源，例如醫院或是醫生，或是任何一個可以具名證實的來源。

還記得嗎？當伊隆．馬斯克說你可以花八美元買到推特認證藍勾勾時，有人就去買下「我是伊隆．馬斯克」的帳號，然後貼了「我正在召回特斯拉汽車」之類的貼文。此類的謊言在社交媒體上非常容易，這就是問題所在。

如果某人的經紀人，比如瑪丹娜的經紀人說她去世了，如果這條消息出現在推特上，我不會相信。如果是個記者，你必須聯繫那位經紀人，然後問他：「她去世了，在哪裡去世？死因是什麼？臨終醫生是哪位？」你需要獲得更多的細節，而不僅僅是發一個消息說她去世了。任何正派媒體都不該這樣做，但還是有些媒體會。

喬伊斯：矢板，那你們《產經新聞》社裡會怎麼處理呢？

矢　板：我們經常說「據傳」嘛，香港和日本媒體在九〇年代曾分別多次誤報「據傳」鄧小平死了好幾次，但就是說那個據傳沒有確認。然後二〇一一年大概七月的時候又傳江澤民死了。我們報社報錯了，不是我報的，但我們報社就是搶新聞嘛，還發了號外，引述來自中國傳媒內部的消息說，江澤民多年來治療膀胱癌，三個月前狀況惡化住院治療，六月下旬起病危並陷入腦死狀況。

我當時在北京，是別的記者講的，我是站在否定派，但是後來知道江澤民沒有死，我們公司就是以頭版道歉，然後基本上我們的幹部或者下台的下台，或者減薪的減薪，這是很嚴重的一個事件，到現在爲止也是。

就是報錯難免，因爲你要搶新聞，因爲你有競爭對手嘛，當然後來檢討的結果就是太想要搶獨家報導，幾個偏信的人提供消息來源所以就報導出來了。這種教訓，我想媒體是難以避免的，當時有不少媒體都一起報錯，香港的《明報》、《蘋果日報》、《東方日報》、《太陽報》；日本的《讀賣新聞》及《共同社》也有引述。但是事後的態度最重要，因爲事後你反省了，你道歉了，就說明你下次再犯的機率會小一點吧。

另外一個就是我們報社確實並公開向江澤民及其家屬，還有所有讀者道歉。我們報社天天批評江澤民的，確實非常不想向江澤民他們家道歉，但是既然報錯了，給他們添了很大的麻煩和困擾，所以誠懇道歉就是應該做的事情。

菲　爾：《路透社》也一定會發文更正。

喬伊斯：但是這個烏龍死訊在台灣好像沒發生過一樣，沒有媒體爲他們的報導致歉。

菲爾：這個烏龍死訊就是標準的單一新聞來源，非常危險。所以如果你在網路社群媒體上看到這種只有一個消息來源的消息，不要立刻就相信，查查看別的報導，看看別人怎麼說。水門事件就是一個只有單一消息來源的新聞。這很危險，因爲這樣的新聞報導只是告訴你某些事情，但卻無法確認其真實性，這是不行的。

關於更正新聞報導，在《路透社》有很嚴格的規定，有錯不論大小一定要更正。但是除非證實的確有錯誤，否則我們不會因爲一些有地位的政治人物或是大公司來施壓就刪除報導。

但是網路世代就不一樣了，媒體可以很快把前一則錯誤的新聞用更新蓋過，假裝什麼也沒發生不必更正。但在傳統報紙上，你必須發布更正新聞、道歉並撤回錯誤的稿件。在網路變得非常容易，只需更新就可以蓋過錯誤，所以這種情形越來越常見。

但你可以相信《美聯社》（*AP*）、《日經新聞》（*Nikkei*）等大型且歷史悠久的新聞媒體。一般而言比較老牌的媒體還是比較有信用，因爲他們還維持了一定的新聞準則。如果他們犯錯，通常會很快承認更正，因爲這也是防止誹謗指控的好方法。

我記得曾經在辦公室裡處理過一條飛機失事的新聞，在現場的記者搞錯了飛機引擎製造商，新聞發出大約十分鐘後我們就收到製造商來電。我們立刻要記者再度確認，發現真的報導錯誤之後，立刻發出更正，這個引擎製造商也不再追究。

更正是爲了保護你免於誹謗指控和法律訴訟，所以好的媒體公司會更正錯誤，如果記者造假他們也不會想保護一個騙子，這是他們會非常迅速糾正錯誤的原因。如果他們立即查實並更正處理，遭受誤報的當事人會說：「好吧，可以接受。雖然你報錯了，但也更正了，你盡力了。」這樣做可以在法律上保護你。做這件事有兩個好理由，不僅是名譽還有法律上的考慮。

喬伊斯：我特別同意矢板說的這個報錯的態度，媒體不願意承認錯誤，這種態度就會造成日後年輕的記者完全不知道，或是不在乎必須遵循的新聞準則。

關於是不是想要經營一個自媒體？我是完全沒有這個打算的，因爲我覺得如果要經營一個自媒體，我要去申請個記者證，去參加記者會，去採訪新聞人物，我真的會去查證。

台灣的媒體或者是在網路上有一點聲量的人，比較不願意去做的事情就是承認自己錯了。至於我自己，我常常在臉書做一些評論，若是錯了就道歉。有一次，我看到有人發了一張餐廳裡的生活照，說是羅一鈞[14]和他的爸爸，因爲看起來很可信我就轉發了，結果發現根本不是他爸爸。我就趕快撤掉道歉，說這真的是我不對，我不應該這樣做。

不過就算是道歉更正這個小小的事情，媒體也是不願意去做，造成越來越多這種錯誤。總之做自媒體這種事，我自己是完全沒有興趣的。

14 羅一鈞（1977-），現任衛生福利部疾病管制署副署長、國立台灣大學醫學院附設醫院內科兼任主治醫師，中央流行疫情指揮中心社區防疫組組長兼發言人。過去曾於台大醫院內科與感染科專科服務，也曾服馬拉威外交醫療團替代役。

4.電視的黃金年代是不是已經結束？

喬伊斯：新興網路媒體吸引了年輕閱聽人，電視觀眾的組成集中在五十五歲以上的中老年族群，電視媒體的前景如何？講到這個，現在大家都是上網，電視的影響力是不是越來越小？你們怎麼樣看電視這個產業在台灣的現況？

矢　板：當然台灣非常特殊，在台灣政論節目是超級火的，其實政論節目是製作費最便宜、最粗糙的，我覺得這個跟台灣的社會制度有關係。

在日本的話，基本上日本有六大電視台：屬於公共媒體的日本放送協會NHK（擁有兩個無線電視頻道）、《讀賣新聞社》的關係企業NNN・NNS

（以日本電視台爲中心，立場較保守）、《每日新聞社》的關聯播放者JNN（以TBS電視台爲中心，是日本第一個電視聯播網）、《產經新聞社》的關係企業FNN．FNS（以富士電視台爲中心，是富士產經集團的核心企業）、《朝日新聞社》的關係企業ANN（以朝日電視台爲中心）、《日本經濟新聞社》的關係企業TXN（以東京電視台爲中心）。

基本上，日本各地的地方電視台都是歸到這六大——都在中央認一個老大。其中有政論節目的也就一半，剩下就是不走政治。有三個台是比較硬派路線、有政論節目，但是每週一次，往往時間在深夜十一點以後，是那些喜歡政治的老男人們在那裡晚上喝著酒去看一看，一般都是這樣。我在日本也上很多的政論節目，但我在日本從來在街上沒被人認出過，在台灣上了幾天政治節目，出門就到處被人打招呼，所以說台灣在這點上非常特別。當然我覺得是因爲台灣政治高度緊繃，再加上亡國感非常強——不管藍的綠的哪一派都有亡國感！

另外一個就是說台灣的市場小，只有兩千三百萬人，但是媒體電視台卻很多。所以台灣分得非常細，競爭很激烈，然後呢？台灣還有個稀有規定——《廣播電視法》第十九條第一項規定：「廣播、電視節目中之本國自製節目，不得少於百分之七十；其中於主要時段播出之本國自製戲劇節目不得少於同類型節目之百分之五十。」你必須要有相當高比例是自己製作的節目，所以弄得大家都沒錢吧？資源少、沒錢，能做什麼？只能做政論節目，找幾個人坐下來聊聊天。所以說，節目品質也就慢慢江河日下。

其實我自己上了很多政論節目，也知道有時候說的內容並不嚴謹。就跟大家聊天一樣，講到中國相關事件，比如說胡錦濤、溫家寶那個時代[15]，相關的年份記憶錯誤，我們都覺得差不多就可以了。但是我們跟人聊天哪需要查證，對不對？可是說錯了想更正的話，電視早就播放出來了，也沒辦法更正，因為第二天就開始換談別的話題了。我想很多人都是這樣，講話講到興頭上，當然不像寫文章一樣，每個時間、每個專有名詞都要查，所以這樣的話，自然而然地就比較粗糙。

比內容更粗糙的是錯別字，真是超級多！中國有一段時間從澳大利亞進口煤礦、龍蝦，後來通通停止了，結果台灣的電視字幕卻寫媒體的「媒」欸——禁止澳媒，完全不是同一個意思！我看著就是很奇怪，但這種錯誤非常非常多。日本的媒體也是一樣，過去一篇稿子登上報紙之前，至少要有八、九個人過目。現在只剩下四、五個了，錯誤自然要比以前多得多。很大原因是傳統媒體衰微，使公司再也沒有財力物力投入那麼多資源去培養新人、確認內容、斟酌稿件了。

喬伊斯：而且台灣媒體常常不更正，一定不會改的，就這樣放著。（李志德：對。）

矢　板：對，我覺得這很粗糙。以華視爲例，華視不是最近字幕錯嗎？把蔡英文變

---

15 **胡溫體制**（2002-2012），是對中華人民共和國第四代中央領導集體的稱呼。由於以胡錦濤（中共中央總書記、中央軍委主席、國家主席）與溫家寶（國務院總理）為領導人主體，因此稱為胡溫體制，開始於二〇〇二年十一月，結束於二〇一二年十一月，此稱呼最早見於中國大陸媒體的報導。

成蔡EE之類的[16]，那個已經連續錯了好幾次，導致公廣集團董事長、代理總經理雙雙請辭。當然華視有錯，但是我上過很多電視，其實大家都有錯！只是華視被盯上了，其他家沒被盯上而已。

華視因爲之前犯了一個很嚴重的錯誤，就是跑馬燈快訊誤植防災演習字幕「新北市遭共軍導彈擊中」，所以大家就盯上它，結果發現又犯錯了。其實別的電視按照華視同樣的概率、同樣的節奏，說不定也在犯錯，只是大家視若無睹而已。我覺得這就很糟糕了吧？所以說台灣這種過度競爭，或者是資源過度的分散，造成節目的質量很難提高，這是一個很大的問題。

李志德：我覺得台灣的電視，其實講起來也有各種問題。今天台灣社會全體承受的後果，就是它是一個幾乎沒有品質的公共論壇，可能連論壇都談不上，只是一個公共發聲的空間。我們只有在少數談話性節目來賓，譬如像矢板或者像汪浩、明居正老師，從他們身上可以得到一些新的知識，或是比較新的觀點，他們相對有能力自主發言，我相信矢板上很多節目也很清楚，你是自己想說什麼就說什麼，明居正老師也是想說什麼就說什麼，但據說很多人只是唸那個製作人幫他準備好的稿子。

（喬伊斯：這是真的嗎？）對，很多人之所以能當「評論員」是因爲講起話來非常戲劇化（dramatic），所以你就會發現一個人什麼都能談，今天講烏克蘭他就懂烏克蘭，明天講偵察氣球他就懂偵察氣球，他爲什麼懂這麼多？其實不是他懂，都是那些執行製作查好的，寫了稿子然後指定來賓唸這一段，什麼時候點（cue）到你，你就照唸，只有很少數的來賓有自己的專業知識技能可以分享，那才是真正的評論跟知識的傳遞嘛。

但是我覺得台灣電視的問題，可能也要回到好多年前。因爲以前的媒體，特別是電視台都是國民黨或政府掌控的，當大家在反對國民黨、覺得要解

16 《華視新聞》跑馬燈及標題字幕出錯，二〇二二年四月到五月間，《華視新聞》跑馬燈及標題字幕六度出包，包含快訊出現了「新北市遭共軍導彈擊中」等字樣、而蔡EE則是播報時將標題字幕誤植為「劉任遠接任空軍司令 蔡EE總統親自授階」等。

決問題的時候，有一段時間大家相信「自由化」可以解決這件事，所以大約在一九九〇年代，我們現在看到的這些有線電視台開始成立，在成立的時候，當時也許市場有那麼大的容量，養得起這麼多電視台，他們還能夠有不錯的利潤、付給記者比較好的薪水，或者是多花點錢去做節目。

根據當時的市場，電視台的家數、容量就定在那邊，但後來發現一個很糟的後果，就是市場一直縮小，因爲這些錢、這些市場的份額，要不流到網際網路去，或流到串流平台去，所以使得他們的市場越來越小，但是又淘汰不掉這些既有的電視台，到最後就是大家爭相做很便宜的節目，我覺得這是一個二、三十年的問題，這是第一層問題。

第二層問題更糟糕的就是「壟斷」，台灣的有線電視系統壟斷在幾個大的商家手上，這些大的商家最糟糕的情況是什麼呢？譬如說，公廣集團批准華視新聞台使用五十二台頻道，這是中天下架留出的位置。但結果是即使國家通訊傳播委員會（NCC）批准了這個頻道，地方的有線電視系統

(Cable)都可以讓你上不了架。就直到我們談話這一天爲止，他的上架率也只有百分之七十多，而且他還是公廣集團的頻道喔。但是這種壟斷，我們的NCC是處理不了的，不管是政治上沒有意願，或者處理起來非常困難。所以電視台、系統業這兩個環節，讓台灣電視新聞的敗壞，幾乎成了公共社會的不治之症。

矢板：我再稍微補充一句，以日本的NHK爲例，他們是有一群專家，多少年以來，專家們就只研究一個課題。這些專家可能三十年不出來，突然之間，比如說烏克蘭問題，最近天天出來，他們確實是研究烏克蘭的專家。但是我們看到台灣，不管是談論萊克多巴胺[17]、談論次蛋白疫苗[18]、再談論美

---

17 **萊克多巴胺**（Ractopamine），俗稱「瘦肉精」，可助長豬、牛、火雞生出瘦肉，減少體脂肪。是瘦肉精中最常見的一種，其肉品殘留毒性遠低於具有相同功能的其他動物飼料添加物。美國稱在其測定的容許殘留量下合法使用，將不會對人類造成中毒或短期危害。

18 **次蛋白疫苗**（Protein subunit vaccines），又稱**蛋白質次單位疫苗**，使用別的物種、細胞，或者是基因重組方式，直接製作出「棘蛋白」，所以次蛋白疫苗「並不會、也不能進入人體細胞內」，「也不需要由人體細胞來生產抗原」，可以「在細胞外」直接讓白血球辨識，而產生抗體。如高端、Novavax均屬此類疫苗。

國總統大選，都是同樣一群人！

（李志德：然後打打氣球……）對對對，打氣球，全是同一群人，我覺得這個專業性也太狂了，對不對？從萊克多巴胺講這個對身體怎麼樣，會不會造成危害；這種疫苗有害，那種疫苗沒害；一會兒再講美國總統大選，這個是搖擺州……；一會兒講烏克蘭的軍事形勢，一個刺針飛彈怎麼樣，這真的是從內子宮講到外太空的跨專業，而且跨度非常廣，真的都是同一群人！不是一個人，是一群人，同樣一群人不停地聊天，我覺得這才是有點恐怖的。

李志德：每天在台灣，就算你去吃個麵看到電視，你所看到的電視絕大部分都是反知識的內容。（喬伊斯：嗯，是的。）我們從小就被教導，這個專家他就是懂這個，那個專家就懂那個，碰到事情，我們要去請教真正的專家。但是電視告訴你不是這樣——電視上這群人什麼東西都懂。

喬伊斯：這些政論節目是很受歡迎的，不論是美國大選，英國脫歐或是烏克蘭戰爭，這群人都是專家。

菲　爾：所以在網路世代電視新聞是不是要沒落了？別忘了還是有很多人依賴電視，尤其是不上網的族群，有一群年長者他們不買報紙，也不讀新聞，他們的資訊來源就是整天開著當背景的新聞台，數百萬人下班回到家就會坐在電視機前，這就是電視影響力的強大。

如果你住在英國，你有BBC，你有好的新聞頻道。在台灣的話，就不是那麼回事了，我的了解是新聞頻道並不是非常好。電視是一個非常有力的媒介，這種傳播方式還是有效，我認爲這也有助於政治理念的溝通。看電視的時候，可以看到發言者的表情和講話方式。如果你閱讀一篇文章，作者可能是在開玩笑，但是文章敍事還是可以寫得相當認真嚴肅。但你在電視上觀看，則可以立刻接收到說話者的語氣和表情，這個媒介的影響力是很強的。

電視作爲新聞傳遞工具很重要，因爲這個原因，我認爲電視永遠不會消失。事實上在像印度這樣的國家，由於觀眾需求的提高，電視頻道數量比過往任何時候都要多。只要有一定的收視率，你就可以自動獲得廣告收入，即使播出垃圾新聞還是能賺錢，所以這個模式難以撼動。

YouTube 也是一樣充滿垃圾內容，但是很多人現在靠這種方式謀生。因爲語言的關係，我不太清楚台灣的電視新聞究竟報導些什麼內容，但是光是他們報導的方式就很不專業，而且經常大呼小叫，看起來很糟糕。

有時喬伊斯看這些政論節目，我聽不懂但是看到一樣的一群人在不同的節目出現，我無法理解爲什麼人們要看那些來賓一樣的節目。如果這就是談話性節目做的事，報紙也會這麼做，找一樣的人來發表對任何事情的觀點。

好多年前哈佛大學有個研究，基本上是在說明媒體只是有效地在餵養他們特定的閱聽讀者，以加強他們已經相信的觀點。例如我已經過世的父親，他生前一定會買《每日快報》（*Daily Express*，英國小報），那是個糟糕透了的報紙，但是這個報紙加強了我父親一些既定的看法，他認爲英國有太多移民，死刑應該恢復，於是他訂了這個會報導他想要看的東西的報紙。這份報紙知道只要繼續報導特定新聞，讓讀者確認他們對世界的既定觀點，讀者就會繼續購買。一樣的道理，台灣的一些電視節目，人們觀看就是因爲內容證實了他們現有的觀點。

只要你養出了一群每天坐在電視機前的忠實觀眾，就算給他們看垃圾節目還是能賺錢。這是很廉價的電視形態，他們不再需要研究要討論的議題，不再需要記者進行幾週的研究深入報導，或是帶著攝影機去採訪。他們只要坐下，跟我們四個人坐在這裡一樣聊天，這是非常便宜、非常容易製作的談話節目。只要有人看到咬牙切齒，就能賺錢。如果錢是最終目標，有一定的收視率就會賺錢，他們就會繼續這樣做。他們對真正的新聞不感興趣，只要一直用同樣的東西餵養觀眾就能賺錢。

喬伊斯：所以這就是爲什麼朱學恆他會是斗內捐款最高的人，反正人家要聽什麼，他就講什麼。那如果他覺得自己聲量稍微下滑一些，他就轉一下話題再繼續。其實這也不是台灣特有的現象，只是台灣更嚴重一點。

5.現在媒體追求點閱率，傳統媒體的優良新聞準則該如何堅持？

喬伊斯：還有一個現象就是新的媒體似乎很少去查證，我們都是傳統媒體出身，怎麼讓這些新媒體堅持查證等新聞準則，我覺得很難。最近我發現一個有趣的現象，有一個作家叫謝知橋，我是偶然間注意到他，他常常到新聞媒體臉書貼文下面去留言。

這些媒體常常報一些很誇張的事情，通常是負面離譜的消息，卻根本不寫發生在哪個國家，讓一般讀者以爲是在台灣，但是其實是在中國或是國外某個國家，或是他們在新聞標題最後留一個問號，讓讀者爲了想知道內容而點進去看。以點閱率爲目的可以理解，但是爲了點閱率去誤導，那就是非常低級的手段了。

這個謝知橋都會很快到新聞貼文下面去留言，說：「大家不用點來看，他講的是非洲」、「大家不要點來看，這個名媛是香港人，不是在台灣。」他的留言接著引來更多的留言批評這種報導方式，這蠻有趣的，也算是個社會運動。

但即使有這麼多的留言去告訴這些媒體：「我非常不滿意你們這樣的做法，你應該去查證、你應該好好寫清楚。」這些媒體似乎毫不在意，還是繼續這種以誤導爲主的模式。你們覺得有機會看到任何改變嗎？

李志德：我本來就要接這個話，接下來說的可能有點極端。台灣很多時候在談媒體，或者是談公共議題的時候，喜歡跟著西方走——西方今天流行什麼，我們就談什麼，但是我們不太看自己的需求。譬如說，澳洲前一陣子通過了《新聞媒體議價法》（News Media Bargaining Code），討論這部法律是因爲大家現在普遍都會去譴責臉書（Facebook）、谷歌（Google）賺太多錢，認爲這些錢本來應該是媒體賺的，所以今天我們應該立一個法，以政府的力量去把這些錢討回來。

於是對於現在的建制媒體，像報社、電視台，他們就好開心，覺得說：「對，我們應該要努力去推這個法案，把這個錢——應該屬於我們的錢——從谷歌、臉書討回來。」但我認爲討論這個事情的時候，應該去思考另外一件事情，就是今天政府在立法的時候，這個法律有沒有前瞻性？能不能夠幫助這個產業？

今天我舉一個例子，如果我們真的立了一個法令，讓這些媒體把錢從臉書跟谷歌都拿回來的話，但是他們現在就是做這些爛東西給閱聽人，例如點擊一次他本來可以賺一塊錢，現在要臉書、谷歌吐出錢來，讓他賺兩塊半，他就會把這兩塊半去做比較好的媒體、比較好的內容嗎？還是他會壓迫下面的人，生產更多的點擊數？所以，很多時候有一些倡議，以爲這些作法救得了台灣媒體。但結果不是，反而幫助這些本來應該被淘汰、本來應該要努力去創新的這些媒體，他不用做這些事了，他還可以繼續留在那個位置上，然後生產更爛的東西。

有一些東西你就應該讓它倒掉，就應該要讓它淘汰。今天我們碰到的情況是前有狼後有虎嘛，你不是把虎關起來以後讓狼進來，然後我們被狼吃掉。不是，我們應該是站在那個地方，很小心地讓虎去咬狼，讓狼去咬虎。所以今天的情況是臉書跟谷歌不是好東西？對，但是現有建制的媒體更不是好東西！所以我們要做的事情，是很有技巧地讓谷歌跟臉書去把我們認爲該淘汰的媒體淘汰掉——你賺不到錢，那你就應該被淘汰掉，你就應該創新，你就應該生產出好的內容來。讓讀者說「那我們回到『付費訂閱』」，那才是我們操作一個政策應該有的方向，我是這樣覺得。

喬伊斯：在日本有這種爲了點閱率去製造一些煽動標題的媒體，或者你會被要求這樣報導嗎？

矢　板：當然，我過去常講一個趣事，就是我們《產經新聞》有網路版，相當重視點擊率，我記得特別清楚的是，共產黨十八大的時候，我在北京寫了一個非常長篇的專題報導：十八大之後爲什麼會出現這個人事？他的深層意義與佈局到底在哪裡？有哪些權力鬥爭？

當時花了很大的力氣，其實也花了很多的經費，要請人吃飯、要給人送禮，深耕厚植了好幾年的人際關係全用上，採訪了很多人，然後我認爲寫了一個非常漂亮的、關於分析十八大的長篇專題報導，紙電同步放在《產經新聞》的網站上，好像得到將近有十萬的點擊，算是同時期中國報導最厲害的。

差不多過了沒幾天，有東京六大學選Miss小姐——東京的六所大學，就是東京大學、慶應大學、早稻田大學、明治大學、法政大學、立教大學，我們的攝影師就去採訪，一下午就拍、拍、拍，拍了一大堆美女們，放上網站後，一千萬點擊率！後來我們分析，那種是大家最愛看的，因爲又不是色情，又是美女，就是說，大家沒有那種罪惡感，而且還是新聞。

當時的那個攝影師很簡單啊，攝影可能只要好的相機和技術而已，拍了一個下午就回來了，回來以後放在網站，哇！大家都愛看啊。像這種事情，你就是沒有辦法，我的採訪、綜合報導……（大笑），這根本是沒辦法競爭嘛。不是輸一點點，是輸得被輾壓到說不出話來。（李志德：你還要被國保請喝茶[19]啊。）對，還要被請喝茶。（笑）

菲爾：沒錯，我派駐澳洲的時候也有類似的情況。記得當時是關於印尼的難民船抵達澳洲尋求庇護的政治事件，這是一個很大的政治事件，澳洲政府打算

19 **國保**，是**國內安全保衛部門**的簡稱，根據中國搜尋引擎百度百科說明，國保負責偵辦不含涉外因素的危害國家安全罪，以及危害國防利益罪中的危害國家利益等案件，而所謂不含涉外因素是指犯罪主體不涉及國外。**喝茶**，則是國保以非正式的方式請涉案人或嫌疑人到案說明或配合的形式。

把他們送到南太平洋的一些島嶼，比如諾魯（Nauru）、馬努斯（Manus），是一條關於移民的重大新聞。

同一時間還有一條無尾熊在保護區內生了小無尾熊的軟性新聞。當時有人問我們有沒有興趣去採訪，於是我派了記者到那個前不著村後不著店的保護區去拍新生的無尾熊寶寶，然後發了一條只有三段的新聞加照片。可想而知無尾熊寶寶新聞的點閱率比難民船高上好幾倍。

在每份報紙上都可以看到類似的輕鬆軟性新聞，讀者通常也對此類新聞更感興趣。相較於像關於移民船等重大事件經常會在新聞版面熱議好幾週，這類軟性新聞很快就從新聞議程中消失，但卻是很多人喜歡看的。因此新聞如何運作，完全看新聞議題如何設定，那也間接設定了閱聽大眾。

有規模的媒體每天都會有新聞會議，設定新聞方向。特別是在大型通訊社，每天早上資深編輯圍坐在會議桌旁討論然後決定：「好吧，這些是今天的主要新聞！」然後記者就全力報導這些頭條新聞，這就是大型新聞機構的新聞會議，他們設定了每天的新聞議程。

知道了這個運作方式，接下來的討論就會是，這是否公平？誰設定了什麼是新聞？《路透社》、《美聯社》等大型國際通訊社，還有每個國家的當地通訊社、主流媒體，他們設定了人們正在閱讀的新聞內容，以及跟隨而來的實質討論。要如何定義什麼是重要或是有意義的新聞議題？到頭來是不是建立在偏見之上？說實話這取決於坐在桌子周圍討論新聞走向的那群人，還有他們所屬的媒體是不是專業，是不是有新聞道德。

新聞議程由資深編輯設定，無論是在雪梨、倫敦還是我身處的任何地方，像《路透社》這樣有規模的通訊社或是其他老牌媒體，都會遵循社裡決定的新聞議程進行報導，因此實際上他們也爲其他媒體設定新聞議題，告訴其他媒體例如通訊社的客戶，這是主要新聞。新聞議程的建立並不是自然產生的，它是由一些資深編輯坐下來設定的。

6. 偏頗、仇恨、有聞必錄、假新聞、娛樂化……台灣媒體有救嗎？

喬伊斯：所以像《路透社》或《產經》這種傳統媒體的做法，我想現在在台灣的媒體應該是非常少見了。比方說我記得還在當記者的時候，每天早上要開一個會，然後到下午的時候還要開一個會。新聞會議是這樣子，就是分社社長從他的位子上站起來宣布開晨間會議，大家放下手邊的工作很快討論一下今天有什麼大新聞。誰誰誰有沒有辦法去哪裡參加記者會，沒有辦法的話誰誰誰要去支援，大概五分鐘、十分鐘吧。然後到快下班之前，還會再來個五分鐘、十分鐘，檢討一下今天做了什麼事情，明天會有什麼大新聞。

我不曉得台灣媒體現在的工作模式如何，網路世代應該也不一樣了，不過我看電視上發問的記者，可以說是完全沒有專業可言，問的問題常常非常愚蠢。他們跟政治人物或是受訪者講話的態度也是一點都不專業，這個問題我覺得在台灣非常普遍。

我不當記者很久了，不過比方說我派駐新加坡，或者我在東南亞採訪的時候，好像也沒有看到這麼不專業的情況，台灣許多記者是很沒有專業、沒有素養的。不知道現在的日本，年輕記者是不是跟台灣的一樣，有類似的情形嗎？

矢　板：不知道，我到台灣也發現這種現象，台灣記者都是超級年輕的，而且基本上，就是年輕女孩子特別多。我個人認爲，比如說我在日本的時候，去《產經新聞》社會部幫忙，我們要調查一個完全不懂的議題、幫忙查證一些資料的時候，我們報社會有該領域相關人士的電話、住址的共用檔案。比方說，我如果是調到一個地方去跑警察線，那麼基本上我們的記者會把所有警察幹部的地址、電話蒐集整理完備，共享給該線的記者，我們藉此可以晚上到他們家去採訪，這都是年年積累、一個個找到的消息情報。

但是在台灣，我會被同樣一家電視台的記者要十五次手機號碼，因爲每次來訪的人都不一樣，每次都要重新來一遍：「啊，矢板先生您好，我是記者某某，我們可以交換一下Line嗎？」就是今天採訪這個消息，明天採訪那個消息，又來要我的電話、我的Line。有時候他們到我家門口要進行拍攝，雖然是同一家電視台，地址又要我再給一次，就是他們每個人之間互相都沒有分享資訊。

但是在日本的話，如果是我負責這個議題的話，比如說《產經新聞》負責中國報導的幾位記者，都是一個團隊，也許今天我去，也許明天換A去、後天B去……就一定是這個團隊的那幾位記者，但是台灣記者好像就是「今天誰值班誰去」那種感覺。所以說，訊息的共有在台灣是沒有的。另外一個，就是你講了很多基本的知識也要從頭再講一遍，好像對於特定議題的專業資訊積累不多，因爲很年輕的女孩子幾年以後就轉成主播，或者去選里長啊，或者是跨界當公關經理……（眾人大笑）有各種各樣的其他職涯發展可能性。然後又換一批年輕人，這個部分是沒有積累的。

喬伊斯：最近的例子就是台北市政府的副發言人徐政璿[20]三十歲，他說他是資深媒體人，經手過上萬篇的稿子之類的，這讓很多真正的資深媒體人不以爲然，我記得馮光遠就發文大大地諷刺了一番。

菲爾以前在輔大的學生是徐的同學，這個學生去了澳洲，最近回來找我們出去吃飯。他說：「喬伊斯妳知道嗎？『學姊』黃瀞瑩[21]跟這個副發言人都是我同班同學。」我說：「哇，人家那麼厲害，你現在在幹嘛？」他說：「我現在在一家餐廳裡面學做壽司。」跟他一樣大的同學，號稱都當過記者，一個當過副發言人然後當市議員，現在又有一個當了副發言人。

他們到底有什麼樣的資歷我不是很清楚，或許他們在新聞方面曾經有優秀或是傑出的表現？也許他們的公關或者表達能力很好，我也看不出來。在

---

20 **徐政璿**（1993-），台北市長蔣萬安團隊的市府副發言人。北市府新聞稿中稱其為「資深媒體人」，因此引發熱議。徐任記者時期曾跑過行政院、立法院、台北市政府、新北市政府等線，擔任《東森新媒體ETtoday》副主任，亦曾任電動車公司《鴻華先進科技》公關。

21 **黃瀞瑩**（1992-），暱稱「學姊」，曾任《ETtoday新聞雲》要聞中心記者、台北市政府秘書處副發言人，負責經營時任台北市市長柯文哲的粉絲專頁。二〇二二年底以第一高票當選台北市第一選區（北投／士林）市議員。

新聞方面，你一方面說新聞記者沒有太多的素養或者累積的知識，但偏偏又有這麼多的政治人物或者是企業，去找些沒有經驗的花瓶草包當他的發言人，只因爲他們曾經當過記者。所以這就變成一個惡性循環，造成很多年輕貌美腦袋空空，特別是女孩子去當記者，因爲她們知道很快就會因爲外貌被找去做別的事情。

李志德：我覺得可以講回最初劉文正的那個事情，爲什麼被迫要用單一消息來源（single source story）？因爲沒有人有第二消息來源（second source），也就是說，你夠資深了才有second source。

所以在劉文正的新聞裡面，誰最先開始懷疑？是《聯合報》的楊起鳳[22]，她是夠資深的，雖然她一開始也相信了夏玉順講的話。新聞就先做，然後她打了第二個、第三個電話。這第二、第三個電話說：「咦？不對喔。」所以最一開始發現不對的是《聯合報》的一位資深記者，這位資深記者她一直留在這個工作上。

但是我們現在台灣的主要媒體裡面，這種資深的記者，要不你就去當長官，每天忙著做行政工作，要不就根本沒有辦法長久地留在這個位置上，所以在這個問題上，我們如果比較一下《路透社》裡面，待五年以上的記者有多少？十年以上的有多少？日本五年以上、十年以上資歷的記者有多少？台灣五年以上、十年以上資歷的記者又有多少？我覺得這個一看就知道了，就是說，記者的資深程度決定了他的專業程度嘛。

第二個就是說，你沒有資深的記者也就算了，其他還包括路線的部署，其實現在全部都在往後撤。譬如說以日本NHK來講，NHK肯定在地方有佈線。我不知道他的部署有多密集，不過你很難想像，日本有哪一個地方縣市只有一個記者或者甚至沒有記者的。但是台灣現在的電視台，哪怕號稱全國性的電視台，都很少在一個縣市能夠維持派駐一個記者，包括《公

22 **楊起鳳**，有「媒體圈第一名模」之稱的資深媒體人，是《聯合報》資深記者。其在媒體網站上自介為：「大學念的是新聞和戲劇，當記者也跑戲劇。看盡不同的戲種，也見證許多戲劇人生，或是溫馨或許八卦也或許你不相信，就當看部戲，分享我的所見所聞。」

共電視》在內。這個是我對於蔡英文政府、對於文化部最不滿的地方，就是說經過了八年執政，我們的公視沒有辦法在每一個縣市都有足夠的地方記者。

正常情況下，地方政治應該是地方記者要監督的，但是我們的政府不願意投資在非常基礎的建設上面，讓我們每一個地方都有足夠的記者，而且是「公廣集團來的記者」——所以我不怕你這些縣市政府，我也不跟你縣市政府拿標案，也不拿業配，我就是監督你！蔡英文執政八年連這件事都做不到，不可原諒。

菲爾：是的，我也是認爲這樣，台灣的新聞沒有被嚴肅對待，例如電視上我看到的主播長相都差不多，我懷疑他們是不是同一個工廠製造出來的。

台灣媒體和民主一樣，還是非常年輕，目前還是受國民黨建制派的影響，許多人長大的環境或多或少、有意無意，都還在這個影響之下，建制派的組織仍然控制著許多政治事務。

在英國，你早上去車站，有《社會主義工人報》（*Socialist Worker*）這種非常左翼報紙，也可以看到法西斯主義的東西，還有介於兩者之間的媒體，人們有非常廣泛的選擇。和台灣相比，英國媒體非常非常古老，可以追溯到十七世紀。一九六六年問世、單頁雙面印刷的《倫敦公報》（*London Gazette*）被認爲是英國的第一份報紙，因此英國媒體的深入和廣泛是有跡可循的。但即使歷史悠久非常成熟，在某種程度上不少英國媒體，尤其是具有重大影響力的報紙，也還是建制派的一部分，他們往往是右翼。

就社會階層而言，例如高級法官、高級警察，這類建制派通常也是右翼保守派。但是除此之外，也有像《路透社》和其他一些沒有傾向的主要媒體，還有 BBC，在某種程度上也算。

根據我對台灣的認識，建制派的影響一樣是真實存在的。擁有實權的人是建制派的一部分，也就是國民黨。建制派這些人當年掌控著戒嚴時期的台灣，許多人是在那個環境下長大的，所以建制派仍然對整個政治局勢有著巨大的影響力，包括媒體。

民進黨即使現在執政也還不是建制派，因爲民進黨不是像國民黨這樣的老牌政黨，就我所知他們雖然在國會是多數，但是在地方政府還是少數。這一點從在媒體的影響力就看得出來，建制派不希望真相一直流傳開來，他們想控制媒體，這就是問題。

國民黨和媒體政治傾向的關係，有歷史的因素在裡面。在英國媒體也是如此，甚至包括教會也屬於建制派，你可以看到，所有有權力的人都傾向於成爲建制派的一部分，例如傳統的英國媒體大亨，都是有權勢、社會階層較高的人。

在美國也可以看到這個情形，例如福斯電視台。主要的右翼媒體是當權派，而在那些根本沒有公平新聞的國家，媒體是當權派經營的。我認爲在一定程度上台灣有這個現象，在英國也還是。

李志德：我們這個部分是從假新聞開始談，剛剛聽完一輪，包括我自己所講的，在菲爾講話的時候，我突然有一個感想，我認爲很不幸，因爲我們所講的「假新聞其實是由多種因素產生的」，討論台灣的狀況時就會發現，我們所有的因素都是最適合假新聞成長的，也就是說台灣是一個各方面都適合假新聞快速成長的環境，所以我們今天承受了這個後果。

7.假新聞氾濫成災，有什麼辦法遏止？

喬伊斯：假新聞的現象到現在已經好多年了，我們看到好像很多人覺得很無奈，甚至很焦慮，政府要做什麼，能做什麼？但是政府能做什麼，有時候你想一想也很難。就像菲爾剛剛講的，因爲國民黨是台灣的建制派，黨國時期這樣幾十年下來，民進黨八年的時間也沒有辦法扭轉。你們有沒有看到什麼辦法，去遏止或是對抗假新聞？你看像是杜奕瑾[23]，或者是沈伯洋[24]，他們都很努力在做這件事情，但是好像覺得力量很小，會不會起不了什麼作用呢？有些人對政府很失望，對台灣的媒體環境非常失望。

李志德：關於「新聞查核」這件事情，以下這個比喻很粗俗，就是一個在糞坑裡清糞的工作，是你一邊清，但同時一邊會有新的一直進來。那爲什麼還要清？重點不是清乾淨——因爲糞坑永遠都會有，糞永遠都會來。而是把所有人趕出糞坑，喜歡待在裡面的人，我拿鏟子把你打出去，當裡面沒有人的時候，再多的糞，它就只是糞，汙染不了多少人。也就是說，今天我在這個糞坑裡面清糞，我是清給還願意留在裡面的人看的，告訴他們，這是個髒東西，這是個髒地方，你趕快出去！趕快出去，才是解決問題的方法。

今天政府能做什麼？我覺得中國有一句話說：「七年之病，求三年之艾」——這個病是長期得到的，你不可能短時間有特效藥去把它醫好。所以政府要做的事情，還是要積極，譬如說在公廣集團或者是公共媒體的新聞服務上面，真的要投對錢、整合好、部署對，讓一般閱聽大眾有一個好的選擇。

否則今天所有人的焦慮在於：「你告訴我所有媒體都很爛，那我要看什麼呢？」那有一些人的選擇就是：「我寧願看外國的中文媒體！」今天回到台灣，如果有一個更好的《中央社》，有一個更好的《公共電視》，那我可以去看這些優質媒體。這些從糞坑被趕出來的人，就有地方可去，不然的話，他還是會掉回去的。

23 **杜奕瑾**（1976-），台灣BBS站批踢踢（PTT）「創世神」（創站站長），台灣人工智慧實驗室創辦人，台灣人工智慧發展基金會董事長，曾任微軟公司人工智慧部門亞太區研究總監、美國國家衛生研究院人類基因研究所資深程式組負責人。

24 **沈伯洋**（1982-），台灣法學者，專研白領犯罪、法律社會學、刑事政策，亦具律師資格。曾在補習班教授中華民國國家考試科目刑法，亦曾兼任行政院不當黨產處理委員會委員，現為國立台北大學犯罪學研究所副教授、台灣民主實驗室理事長，並為黑熊學院共同發起人。

8.怎麼看台灣的假新聞？日本是否有相類似的狀況？

喬伊斯：這些假新聞，或者是特別惡意攻擊的網路訊息，已經有證據很多是來自中國。日本做爲亞洲最早的已開發國家，無論平面媒體或電子媒體都相當蓬勃。對於日本比較主流的媒體，矢板你感覺和台灣有什麼不同或是相同的地方？對於台灣的假新聞，你觀察到什麼現象？

矢　板：如果確實是假新聞，本來是一二三，他說成四五六，這個好辦，但是很多時候他就是斷章取義，給你誘導。（李志德：或者談「意見」，他就是把事情想得很歪。）對，比如說台積電去美國，這是一個事實，但是推導到說要挖空台灣，他的結論不太對嘛。然後你要跟他辯論，這個結論是永遠辯不明的，就是陷入打爛仗。

比如說現在雞蛋漲價，確實是沒有蛋、雞蛋很少這是事實。但是他說農委會主委陳吉仲是笨蛋，就是因爲主委沒有弄好，這個結論不對嘛。因爲全世界都缺蛋，對不對？今天就算國民黨當政也一定弄不好，雞蛋一定會漲價，也一定會不夠，因爲全世界都是一樣的。但是他就把所有責任推到「陳吉仲不作爲啊，你是什麼學者，天天只會去搞黨內權鬥啊」等各種推論，他的結論不對嘛。但是他的事實部分是對的，你跟他辯論的話，就非常困難。

又譬如說台灣治安不好的議題，他說八十八槍[25]就是確實有嘛，但是台灣刑案犯罪率從二〇一四年到二〇二一年已經連續七年下降，他就有意不說。所以我覺得這個是最難的，你說是假新聞，並不全是假新聞，他是刻意誤導。

在日本的話，很少出現這種刻意誤導的假新聞問題。比如台灣，最近這次

25 **八十八槍案**，又稱「**台南八八槍案**」或「**學甲八八槍案**」。二〇二二年十一月十日，前民進黨中執委郭再欽先前位於學甲區的廠房遭人開了五十八槍，接著同區中正路前台南市議員謝財旺競選總部鐵門也被掃射三十槍，一夜狂開八十八槍引發社會關注。

疫情就可以看到，先是口罩危機，接著是疫苗危機，然後是快篩危機。三大危機全世界都經驗了，全世界大家一開始都沒有口罩，後來沒有疫苗，然後沒有快篩，大家都是經驗過的，但是在別的國家都沒有像台灣反應激烈的危機，因爲大家都知道這是沒辦法的，天災嘛。（喬伊斯：是非常惡意的一種誤導。）對不對？然後台灣的媒體報導都是政府不好，都怪民進黨擋疫苗，所有的邏輯變成那樣。所以我覺得這個現況要改變確實是非常非常難，有一群人就完全相信這樣不符邏輯的報導。

李志德：甚至一些基本邏輯上的問題也沒有人去檢查，譬如說，反對地雷的人，他就會說：「金門這麼多地雷，你看，地雷鋪了這麼多年，只有炸死自己人，沒有炸死過一個敵人。」[26]其實是過去那段時間沒有敵人來，有敵人來就炸死了嘛。敵人因爲各種原因、各種嚇阻，不敢發動對金門的戰爭，所以沒來就沒被炸死，這是基本邏輯問題。

矢板：另外一種就是比較高明的假新聞，但是很多人相信，比如說反對蔡英文的都跟另一邊的人說，蔡英文的八百一十七萬票是造假！你很難證明不是造假，要怎麼說服他們說這不是造假？（喬伊斯：到現在還有人說她的論文是造假的。）對，還有很離譜的就是疑美的很多，譬如有些韓粉說：「美國從來一直都在害台灣啊，蔣經國就是美國人毒死的。」你要跟他證明蔣經國不是美國人毒死的，很難欸，要怎麼證明？對不對？他沒證明，你也沒證據，所以兩個是平分秋色。（笑）

李志德：所以他就會說：「所以你也不能說我說錯嘛。」

矢　板：對對對。因爲你要怎麼證明蔣經國不是美國人毒死的？怎麼證明？

26 **台灣火山布雷系統**，美國國務院於二〇二二年十二月二十九日宣布出售台灣此系統，屬於戰防雷，並非金門先前所佈防使用、受到《渥太華條約》限制的人員殺傷雷；且僅於戰時使用於特定地區，對己方部隊與民眾生命造成威脅機率極低，將於戰時使用於敵軍與重型裝甲載具可能登陸的海灘，現代布雷快速，可於數小時內完成，毋需以傳統方式提前布雷。再者，金門排雷作業在二〇一三年五月底全數完成清除，並於同年六月中解除公布雷區域。

9.外媒對台灣有立場嗎？會比較親中嗎？

喬伊斯：台灣鄉民常常說哪個媒體是親中的，就你的經驗你覺得呢？

菲　爾：我不能爲《美聯社》或其他媒體發言，但對我來說，我在中國的時候，我們對待中國就像對待其他國家一樣，我們報導的方式與在其他國家沒有區別。有些人認爲中國會在我們報導前或報導後審查，但是並沒有，至少我沒有這樣的經驗。

我主要想說的是，例如《路透社》和《美聯社》的新聞運作，在任何國家包括中國，都是採取一樣的標準，否則他們就會失去誠信。這個審查或是限制的情形如果發生，對新聞報導造成影響，他們就不得不離開，例如《紐約時報》曾經寫過很多中國不喜歡的東西，現在中國那裡沒有《紐約時報》的記者。

但是中國外交部也必須和各大國際新聞機構之間取得平衡，因爲他們必須與外媒共處，而且他們知道，如果他們開始嘗試審查像《路透社》這樣的媒體，那將是一個大新聞，然後你就無法再相信中國，這是一件令人不安的事。我可以說對《路透社》而言，連自我審查也沒有。

不過我們曾經因爲一些非新聞因素短暫關閉中文網站，因爲那牽涉到中國本地記者，我們必須保護記者。對此我們無能爲力，於是我們公布網站關了，這不需要說明大家都知道爲什麼，這是一件公開的事。不過我們的報導從來沒有遇過任何審查，我們對待中國新聞和《路透社》在任何其他國家一樣，就是必須平衡報導，只要一切都是真實的、平衡的，就不可能成爲問題。

我在習近平上台不久前離開中國。我還在中國的時候，中國政府對媒體是比較寬容的，但是習上台之後，對媒體幾乎是零容忍，媒體政策和許多事都開始發生問題。我現在已經不在《路透社》工作了，但我可以向你保證

《路透社》的報導依舊沒有被審查，那是絕對不會發生的，我相信《路透社》不會爲了可以留在中國，而對新聞報導做出任何妥協。《路透社》多年前在越南遇到報導的問題，結果就是離開，不會因爲想要留下而妥協。

我知道《彭博社》常被指責對中國有點過於軟弱，但我真的不知道親中這個形容，如果它從來沒有這種意圖呢？這些都是印象而已。

現在台灣到處都是這樣被中國趕出來的記者，他們總得找個地方繼續工作，即使是香港，外國記者也漸漸開始離開，這是現實，而且外媒在中國報導的情況會變得越來越困難。不過中國必須知道，它不可能把所有外國記者都趕出去，這樣他們的信譽會蕩然無存。而還在中國的外國記者，尤其是通訊社的記者，他們必須保持他們報導的誠信，我認爲他們中的任何一個都不會妥協。

喬伊斯：台灣對於這些外媒的評論，我常覺得是有一點點太過極端了，因爲台灣的鄉民老是喜歡說哪個媒體親中，如果真的那麼親中的話，爲什麼會被趕出中國呢？幾乎所有駐北京的外籍記者都被趕走了。

最近《紐約時報》來了一個新的駐台記者儲百亮（Chris Buckley）[27]，他原來在《路透社》北京工作，後來《紐約時報》找他去，最後他決定換工作。中國不是特別喜歡《紐約時報》，但對《路透社》還算客氣，他一加入《紐約時報》，中國就不續發他的記者簽證，他只好出境回了澳洲又到了香港，好像最近搬來台灣了。

所以像這樣子的事情，中國就是懲罰你，但是儲百亮在《路透社》的時候

27 **儲百亮**（Chris Buckley），澳籍資深中國議題記者。一九八九年獲雪梨大學歷史學士學位，一九九六年獲澳洲國立大學社會學研究所中國研究博士學位。二〇〇五年至二〇一二年起任《路透社》駐北京特派員，二〇一二年三月向時任國務院總理溫家寶提問了「王立軍事件」，溫家寶在回答中嚴厲批評了薄熙來，為事件定性。二〇一二年十月轉任《紐約時報》記者，隔年一月《紐約時報》稱傳聞因涉華報導，儲百亮未獲簽證更新被迫離開中國大陸，但中國外交部表示中方一向依法依規處理外國媒體及記者有關問題。二〇二〇年二月，儲百亮正在武漢報導疫情時記者證到期，中國拒絕為他延期，他成為大疫以來受到驅逐以及被迫離開中國的第十九名外國記者。儲百亮當時表示：「中國變成了一個越來越難報導的國家。管控越來越嚴，越來越集中，也越來越專制。」

反而沒有被懲罰，那是不是因爲《路透社》是親中呢？也不是。是因爲他有一個特別的編輯立場嗎？也沒有。很多台灣鄉民對於外國媒體的看法，我覺得太過於專一了，就是要認定媒體肯定有立場，譬如看到你今天講蔡英文好話，就認定你的這個媒體一定是親綠的。像這樣子片面武斷認定的事情，好像越來越嚴重。

李志德：因爲台灣人把自己對本地媒體的評價和認識，投射到其他的媒體上面。大家對於媒體的專業性沒有足夠的認識，或者說，台灣的媒體並沒有讓台灣的受眾，認識到媒體的中立性，因爲我們沒有中立的媒體。在沒有風骨的情況下，台灣人就會覺得所有的媒體好像都是這樣。

矢　板：我覺得不光是媒體，台灣每個人都是。我跟朋友吃飯的時候就有人說：「啊！那些是綠的、那些是藍的，對不對？」有的時候，我要介紹朋友來，就會被問：「那個是藍的還是綠的？」或者有時候我問這個人是什麼背景？得到的答案是藍中帶綠的（大笑），比較複雜。

說到台灣人，首先，台灣人把人用二分法分類。說真的，我覺得我十歲以前看書的時候要找好人、壞人，後來到了十一歲左右就知道，世界很複雜嘛，怎麼去分好人、壞人，對不對？所以說，我小的時候看《三國演義》，覺得劉備是好人、曹操是壞人，大概都是用這種二分法的邏輯來判斷。但是到現在，大部分台灣人還是用這種二分法來判斷世界，這是一個非常奇特的現象，這個在日本不會有。

李志德：二分法這件事情，我舉一個自己工作的經驗，《蘋果日報》登陸台灣時，《蘋果日報》很會炒作新聞，我親耳聽過一位 CEO 怒斥記者說：「你不用寫這麼長，你告訴我誰是壞人就好。」特別是社會事件這一種，就是說：「你找一個專家告訴我們，誰是壞人就可以了，讀者只要看這個。」因爲在商業上面好操作，這是一個能夠激起強烈情緒的操作手法。

菲　爾：在其他國家較少發生這樣的狀況。我的意思是，在我曾經工作過的國家中，政治傾向很長一段時間都比較穩定。在台灣，我認爲社會在政治生活方面比較二元化，雖然這種情況在英國也常見。在美國，有些議題的立場是浮動的，你可能是民主黨，卻依然覺得移民太多了。在這裡，政治議題的立場對於兩大陣營來說都相較明確，中國是其中的主要議題。

李志德：如果一定要劃一刀的話，我寧願這一刀劃在「誠實或不誠實」、「正常或不正常」，而不是「藍、綠」——藍的有正常的啦、綠的也有正常的；同樣的，綠的也有不正常的，藍的也有不正常的……

矢　板：基本上都是不正常的。（眾人大笑）

10.辨識假新聞與調教「演算法」

喬伊斯：說到辨識假新聞，年輕人對新聞已經是完全沒有興趣了，要怎麼去跟他談如何辨識假新聞？

今天的對談本來是上星期，後來延到這個星期，是因爲我上個星期跟水噹噹協會[28]有一個新書講座的活動，那個協會是一個挺扁的組織，現場大概將近有一百人吧，不少人都是看起來年紀比我還要大，但是她們很關心時事。

當然她們是因爲《孟買春秋》這本書來參加活動，但是主辦人特別提到：「我們姊妹對於台灣特別的焦慮，所以我們要討論台灣現況的問題，沒有討論到很多關於你的書內容的問題可以嗎?」我說：「當然可以啊。」你可以看到這個協會的人，不少是有點年紀、甚至白頭髮的，不過她們都很熱情、很投入。當然《孟買春秋》這本書的讀者群本來就是年紀稍大的，不是那種二十多歲的年輕人，簽書會來的都是三十幾、四十幾歲的，水噹噹的講座，年齡層又高了點，對時事的投入和關心更高。

28 **台北水噹噹姊妹聯盟**，緣起於一九九八年延續充滿快樂希望的台北，為時任台北市長陳水扁打選戰的「水噹噹婦女競選總部」，在二〇〇〇年總統大選之後正式立案，是一個登記有案的民間社團。

矢　板：三十幾、四十幾歲的，那妳的讀者還年輕啊。我經常碰到七十多歲老先生跟我握手說：「我的岳母是你的粉絲。」（眾人大笑）我心想，你的岳母今年高壽啊？

喬伊斯：我辦那麼多場簽書會很少看到年輕人，年輕人連新聞啊、書啊都沒有什麼興趣，他還有興趣跟你辨識假新聞嗎？

李志德：講到年輕人，我覺得還是要讓他們知道，對媒體的觀念整個要改變。我們一開始講到編輯部失守這件事情，在以前那個時代，編輯部幫你把關，你拿到手的新聞，基本上正確，或者是可能有些立場，但大體上沒有太多問題。又或者是這個立場會呈現在報紙的評論上面，但新聞的話，大概都是中立客觀的。

但是因爲各種原因，特別是因爲網際網路的關係，所以現在所有的媒體都在失守。舊制傳統媒體的編輯部失守，而自媒體不是隨口說的評論，就是沒有一整個建置完備的編輯部，或者是很簡單講，就是「第二雙眼睛」幫他把一下關，所以現在充滿了各種良莠不齊的東西。

這個年代談媒體識讀，就只是一件事：你要替你自己看到的東西負起責任！這其實也沒有很困難，就是你也不用懂媒體，只要懂邏輯、懂得知識的選擇，就可以了。像我們今天在學校，不管這個學校的教育制度再怎麼樣糟糕，總是會告訴你基本的學習、認識知識的方法。以前你只是沒有想到，或者是懶得把在學校拿來辨認知識這一套，放到每天在社交媒體上看到的這些訊息。現在要做的事情，是自己得勤快一點，把學到的邏輯、知識論搬過來，然後就大概可以保證你看到的是個好東西。

而且現在其實所有的人都被「演算法」控制了，演算法像是一個僕人，或是一個奴隸，你每天鞭打他，確保你都在看好東西，他推給你爛東西的時候你就鞭打他，說我不要這個。換言之，現在談媒體這件事，某種程度是你跟操縱你、負責看管你的管家每天在進行的博弈，今天這個演算法，我逼你一定要推好的東西給我，久而久之你把演算法調教好了，也就確保可以看到好東西。所以「調教演算法」這件事情，我反而覺得是媒體識讀的當務之急。

矢　板：對，現代人完全被操縱。我講一個蠻有意思的故事。從前在東京當編輯的時候，我有個同事剛從印度回來，他在印度住了八年，要重新置家嘛。他說要買一個電飯鍋，然後天天上網查，買到了以後，我們那時候要報導香港，當他在跟我講他的計畫的時候，他的電腦就一直跳出電飯鍋的廣告，不停地在網頁旁邊轉來轉去，就是雖然他已經買到了，已經不需要了，但是因爲他查了好幾天電飯鍋，所以網頁就一直跳出相關廣告。他說：「幸虧我找的是電飯鍋。」因爲後來我們公司社會部有一個年輕的記者，也是把他的報導計畫給長官看，打開之後全是找工作求職的訊息廣告，那就超級尷尬的。（一陣笑聲）

李志德：沒錯，以前《端傳媒》自己有網路商提供的廣告，只要打開網頁就會有投放廣告。後來我們就接到一個讀者投訴，罵我們說：「你們《端傳媒》怎麼會有這個色情的廣告？」我們都不好意思跟他說那其實是你自己的關係。（笑）

喬伊斯：菲爾你對於演算法和假新聞有什麼看法？

菲　爾：如果假新聞來自政治人物呢？這有點像在世界小姐比賽時問，妳的願望是什麼？答案常常是世界和平，真的都是這樣嗎？不是吧？對於假新聞，其實並沒有太多直接對策，這有點像是要求政客不要說謊，你相信他們不會說謊嗎？不論如何他們還是會這樣做，這是一直在發生的。

從某個角度看來，媒體市場還是有一定程度的平衡存在。例如美國福斯新聞，他們知道美國總統大選造假是個謊言，是完全錯誤的，但他們仍然兜售這個假訊息。即使他們知道這不是真的還是這麼做，因爲這樣可以留住觀眾。

另一方面CNN也一直在報導總統大選造假是條假新聞，反覆強調「這是假新聞，這是假新聞，這是假新聞！」CNN和美國其他更誠實的電視台大力反駁福斯新聞，讓大眾知道這是假新聞。這就是媒體市場的某種平衡，有助於糾正假新聞這個問題。

至於新聞規範目前在英國有個非官方的委員會，雖然這個組織沒有什麼大作用，但還是聊勝於無，因爲他們對於媒體報導有一點點的約束力。

事實查核網站收益不錯，因爲人們會點擊這些網站。例如，事實查核拜登總統的演講，人們會點擊來看，因此他們可以通過提供真相賺錢。有些媒體則是靠謊言賺錢，這是不可避免的。不過我認爲，最好的反擊方式是讓其他媒體揭發這是假新聞，讓這些假新聞再也賺不了錢，讓他們知道必須做正確的新聞，因爲真相是無法一直隱瞞的。

《路透社》的報導原則是速度，正確和不帶偏見，每一個新進的記者都得把這些原則牢牢記住，因爲這樣《路透社》也賺了很多錢，他們認爲誠信是一種賺錢的態度，《路透社》總是說：「只要我們保持精確且免於偏見，人們自然會使用我們的資訊。」

其他像是福斯新聞，他們說謊也是爲了賺錢，我認爲你無法對抗、讓他們完全不存在，就像要求政治人物不要說謊是不可能的。完全沒有假新聞，本身就是謊言的一部分，就像永遠不會有完全的世界和平一樣。所以我認爲在這個議題上，這是同樣的道理。

例如福斯新聞，他們報導的許多假新聞都被揭穿，而且全球都知道了，現在很多閱聽大眾都知道福斯新聞在說謊。希望這會影響一些總是聽到就相信的人，讓他們停下來想一下，其實這是一件好事。

我還是願意相信有報導假新聞的媒體，也有忠於事實的媒體，就商業角度來看雙方都可以藉此賺錢，這種媒體的平衡也是一種民主。不過在某些國家，例如台灣的鄰居，這種平衡就不存在了，因爲他們完全控制了媒體。我認爲在言論自由的民主國家中，媒體可以從真相或是謊言中賺錢，這可能是對抗假新聞的好武器之一。

中國和極權國家的認知戰

11. 面對認知戰略，應如何做好準備？

喬伊斯：接下來是最困難的部分，面對認知作戰，我們應該有什麼樣的準備呢？我自己覺得要多看各方的媒體，國民黨的東西我也看，民進黨的東西我也看，然後一些韓粉的東西我偶爾也看，但是我覺得那真的是太虐待自己了，看不下去。除了多方閱讀，還要培養自己邏輯和思考能力，但是很多人是沒有邏輯的，因爲他們懶得思考。我覺得看台灣去年底選舉的結果，似乎很多人是不聰明的。當然也許這也是因爲我有我的政治立場，一些選上的政治人物，他們的愚蠢與意識形態無關，但是他們還是當選了，例如韓國瑜。

我跟菲爾討論到這個，他說：「你認爲台灣很多人不聰明嗎？我認爲英國百分之八十都是很不聰明的人。」所以我想這也是一個大趨勢吧，大部分的選民不用腦，有什麼辦法可以讓大家去用腦嗎？要怎麼樣面對認知作戰？各位有沒有什麼看法？

矢板：我個人認爲，台灣上次選舉的結果，民進黨輸得很多，我也在很多地方分析過爲什麼輸。比方說日本有一位小笠原欣幸教授[29]很厲害，事先預測到了民進黨縣市長是「4＋1」，而且「＋1」是澎湖，這都算出來了，他其實就是客觀地按數據分析。當然他一開始分析的時候，被一些民進黨支持者罵得很慘，所以說這是台灣一個特有的現象。但是小笠原後來分析之後，他證實並認爲這顯示出台灣民主的韌性，就是雖然現在是跟對岸非常對立的時候，但是台灣選民認爲民進黨做得不好，他們就可以選擇給民進黨一個教訓，讓民進黨更加謙虛、更加認真對待二〇二四的選舉。

怎麼說呢？我覺得民主這個東西，並不見得是一個最好的方式，但也不是最壞的，最壞的是獨裁嘛。民主，只是比獨裁好一點點，所以說大部分民眾是很不聰明的，因爲他很忙嘛，每天就是——中國有句話叫「老婆，孩子，熱炕頭」[30]嘛，對不對？每天必須考慮生計，不可能考慮很複雜的東西。

比如說什麼藻礁[31]，我看半天也沒看懂，但是讓民眾去公投選擇，他們只能選擇你是藍的或綠的。其實藻礁對於生態有沒有破壞平衡，這個是非常專業的議題，我想一般人就是你給他講幾個小時他也聽不懂。但是民主社會就是當選民選擇錯誤，他們自己受到傷害，覺得這群選出來的人是壞

---

29 **小笠原欣幸**（1958-），是日本的政治學家，現任東京外國語大學綜合國際學研究院教授。學術專長是比較政治學、台灣政治研究，曾任日本台灣學會理事等職位。二〇二二年台灣地方公職人員選舉，於投票一個月前精準預測選舉結果，誤差甚至低於一個百分點（https://www.facebook.com/ogasawara.yoshiyuki/posts/5690595257695821），令《產經新聞》台北支局長矢板明夫發文致敬並宣稱「下次回東京得去拜師」。

30 「**老婆，孩子，熱炕頭**」，中國民間諺語，意思是形容一個小康的生活，有著老婆孩子，還有一個溫暖的炕（家）。

31 **真愛藻礁公投**，是二〇二一年十二月十八日台灣全國性公民投票中，由潘忠政領銜提出之「您是否同意中油第三天然氣接收站遷離桃園大潭藻礁海岸及海域？（即北起觀音溪出海口，南至新屋溪出海口之海岸，及由上述海岸最低潮線往外平行延伸五公里之海域）」全國性公民投票案。詳情請參見：https://web.cec.gov.tw/referendum/cms/proposal/33640。

蛋，然後他們才能夠出於自衛本能投票換人，這就是民主制度嘛！換言之，當他們沒有受到傷害、他們的利益沒有受到巨大侵犯的時候，他們並不會有很大的反彈，也並不會高瞻遠矚想到十年後、二十年後會怎麼樣。

但是我覺得台灣有一個很大的危機感，就是說：「台灣沒有犯錯的餘裕，選錯就可能回不來了。」（喬伊斯：沒有時間讓你去改過、去重選。）對，這是台灣跟其他國家不一樣的地方。以日本來說，幾年前一個政權交替，自民黨被換下去，換上了民主黨[32]，後來大家都覺得民主黨不行了，自民黨就又換回來了。[33]但是在台灣這是一個滿大的問題，和其他國家不一樣，所以說政府或者是我們這些在社會上比較了解媒體、國際情勢的人，可能要更加去多做說明，讓大家知道這個選擇是非常、非常、非常重要的事情！

李志德：我認為除非我們要把民主制度摧毀掉，或者是說要用跟共產黨一樣的手法，否則我們還是只能把認知戰當慢性病治。慢性病沒有特效藥，比方剛才談到的好多問題，當台灣關連到媒體所有的環境，都是適合假新聞發展，或者說都是適合打認知作戰的，在這種情況之下，好比它有五個因素，那你只好把這五個因素都消滅，或是把它都降低，或者至少消滅其中四個，讓這個假新聞或認知戰比較不容易打起來。

消滅認知戰滋生的環境，沒有一件是容易的，舉一個例子，例如電視這個環節，它就是幾十年盤根錯節的利益，你政策用對了都不見得能夠解決，更何況說不定連這個問題都還沒有意識到。認知戰這件事情是消滅不了的，你只要有敵人，它就會不斷地想各種方法來跟你認知作戰。操之在我的，是把認知戰得以發展的土壤消滅掉。

32 **日本民主黨組閣**（2009/9/16-2012/12/26），係民主黨鳩山由紀夫接替自民黨麻生太郎擔任首相後，歷經菅直人、野田佳彥兩任首相共一、二〇〇日的民主黨執政時期。

33 **日本自民黨重回執政**（2012/12/26-），自民黨時任總裁安倍晉三成功取回政權後，自民黨一直執政到今。而安倍加上第一任內閣執政期間，共計在任三、一八八日，成為在任最久的日本內閣總理大臣。

12. 黑熊學院、曹興誠、台灣的民防與國防

喬伊斯：現在很受歡迎的黑熊學院[34]在做很多事情，兩位對於黑熊學院有沒有什麼看法？他們在進行的方向，好像我接觸到的反應都很熱烈。我自己也試著要去登記，都登記不到。很多台灣人要去上這個課，這種現象在台灣的認知作戰中，是不是算一個比較好的走向呢？

矢　板：對，我覺得台灣有很多事是政府該做的，但有的時候政府沒辦法做，比如說像這種全民國防。如果民間做，是你自願的嘛，政府做就等於變成是義務了，如果變成義務的話就變成一個國家在霸凌個人的概念，而且國家要做民防的話，會有人無限解讀說：「是不是馬上要打仗了啊？」或者衍生許多懷疑論或假想，因而造成社會的不安，所以說只能民間來做。

我認爲過去整個台灣社會在這一塊是空白的，從曹興誠[35]董事長出來，然後黑熊學院出來，這些東西才能填補上，所以我認爲這是一個很好的方

向。當然說我們看到台灣的年輕人也是報名很踴躍，在黑熊學院我也是上過課，基本上幾百個名額一個小時之內就爆滿了，所以說我覺得這說不定台灣社會有需求嘛，換句話說，年輕人是很冷靜的，他們其實也是很明白的。

曹興誠董事長也很令人敬佩，對於中國他徹底體現了「因誤會而交往，因了解而分開」的過程。剛進入二十一世紀的時候，他曾主張晶圓佈局要西進中國，也曾提倡「統一公投」、《兩岸和平共處法》構想而被視爲統派、親中派，也有過心灰意冷放棄中華民國國籍入籍新加坡的時候。但是二十

---

34 **黑熊學院**（Kuma Academy），是由沈伯洋教授與幾位夥伴共同發起，以推動全民防衛知識技能為主要工作目標的社會企業，認為「如果想要和平，先要準備戰爭」，計畫在三年期間透過訓練課程、知識內容出版、防衛教育體驗等形式，達成三百萬人次的民防教育推廣。詳情請參閱：**https://kuma-academy.org/**。

35 **曹興誠**（1947-），前聯電董事長，自號「八不居士」，與台積電創辦人張忠謀並稱「晶圓雙雄」。廿一世紀初曾因致力提倡「統一公投」、《兩岸和平共處法》構想而被視為統派、親中派。二〇〇一年主張佈局八吋晶圓西進中國，二〇〇五年因「和艦案」涉訟，最後淡出聯電經營，二〇一一年入籍新加坡。曹興誠認清中國後，二〇二二年八月，曹興誠在解放軍圍台演習第二天宣布捐出新台幣三十億元加強台灣的國防和民防，並於同年重新取得中華民國國籍，拿到台灣身分證。

多年來，聯電的中國夢並沒有實現當年的夢想，反而帶來訴訟和虧損。

曹興誠董事長認清了中國的本質，開始用自己的經驗平易近人地跟台灣人分享對中國的觀察。他在二〇一九年底公開演講表示：「九二共識、一中各表是『胡說八道』」，直言「每天講一個中國，台灣沒有活路。」二〇二〇年曹興誠接受專訪時表示：「如果能重來，我希望我們沒有到大陸協助設廠。」然後去年他在解放軍圍台演習第二天宣布捐出新台幣三十億元加強台灣的國防和民防，而且放棄了新加坡國籍，重新拿到台灣身分證。

喬伊斯：有些時候雖然覺得有點沮喪，但是看到一些現象，還是覺得有很多有熱忱的人一直在做，像黑熊學院就是。我發現最近在網路上面也有更多人出來寫一些文章，是比較理性一點的，不是跟你叫罵那種，在這一方面我感覺比較正面。

李志德：民防（Civil Defence）這件事情，我覺得是因爲過去一兩年來中共軍機不斷擾台，台灣因此對如何防衛自己思考最多的部分。像黑熊學院這樣的一個組織，或者是任何活動，其實是給台灣人，特別是年輕人，紓發焦慮的一個出口。就是說今天台灣一旦發生戰爭，我們究竟可以怎麼辦？我可以做點什麼事情？好多人以前是想要做點什麼事，但不知道能做什麼。

我們這一輩人在台灣民主化的過程裡面，其實有一個特色，因爲國民黨是一個黨、政、軍一把抓的組織，所以過去台灣以黨外爲主力的民主化運動裡面，乃是以解除這個國家的軍事特務組織的能力做爲民主化的目標。

但這件事情現在已經進到了一個新階段，就是說當我們覺得台灣，不管你要叫中華民國也好，你要叫台灣也好，應該變成一個正常國家的時候。一個正常國家應該有的國防能力，就必須在人民的共識底下讓他重新組建回來，否則你這個國家是會被消滅的。所以我覺得過去兩年最重要的事情其實是這個，就是大家重新對於我們國家能力的重建，開始有了共識。

所以我很意外，就是說當兵這件事從四個月變成一年[36]，如果把它看成是加稅的話，那是加一倍多的稅，但是大概七、八成的人都同意。而且我還看到一個民調很有趣，就是說，它還問你家有沒有十九歲以下的小孩，而有十九歲以下小孩同意的比例，跟一般的比例其實是一樣的，也就是所有人都同意。哪怕我今天同意之後我的小孩要去當兵，而且要當到一年。

這件事情在我來看，其實是一個莫大的希望，就是說台灣要做爲一個正常國家，就像日本開始覺醒一樣，因爲一個正常國家要有能力武裝保衛自己。尤其日本更是如此，我覺得日本其實比台灣面臨更糟糕的處境，它有北韓、有俄羅斯、又有中國，台灣還只有一個中國。而日本人也體驗到了：「我今天作爲一個正常國家，我不可能沒有正常的國防。」我覺得其實台灣也是，就是民防這個議題在民主化的過程當中，各界看法從矛盾到統一的過程吧。

喬伊斯：對，這個兵役的事情通過了，好像沒有遇到太大的批評聲浪，我自己是蠻驚訝的。

李志德：對，而且國民黨好像有拿這個事情作文章不是嗎？說「票投民進黨，明天上戰場」什麼的。但是這個事情確實沒有發酵，我覺得這個要歸功於過去的兵役制度。也就是說，台灣改採募兵制[37]這個事情，因爲時間沒有很長，所以被徵過兵的人，像我們這些其實都還在，對這件事情還有共識。

退伍之後，徵兵這件事跟募兵最大的差別，就是說募兵是作爲職業選擇，但是去從軍這件事情不是單純的職業選擇，因爲當兵是有死亡義務的，就

---

36 **兵役延長**：總統蔡英文二〇二二年十二月廿七日召開國安高層會議，確定拍板義務役延長為一年。二〇〇五年次出生的役男，未來將改回服役一年，月薪也從目前的六、五一〇元提高到二六、三〇七元，於二〇二四年一月一日開始實施。詳見：https://www.facebook.com/tsaiingwen/posts/722360955907822。

37 **募兵制**，即志願兵制，其特質為國家與服役者間為法律契約關係。服役之動機係基於獲得報酬，以軍人為職業，對國家無服役義務與責任，服役者亦不限於本國國民。（《國軍軍語釋要》定義）二〇一八年一月一日起，台灣開始實施完全募兵制，非志願役而達到役齡的常備役男性則改服四個月軍事訓練役。二〇二二年底，由於近年國際局勢變化，中華民國政府公佈「強化全民國防兵力結構調整方案」，預計於二〇二四年一月起恢復常備兵役現役徵集，屆時台灣兵役制度又將回到徵兵制。

是必要的時候你是得去死的。所以對國家來講，必須有一個精神上的凝聚力，你才願赴死，或者才可以爲國家去犧牲。

過去的錯誤在於，覺得當兵好像只是一個職業選擇，對沒有外敵的國家可以這樣，但有外敵的國家，類似我們的這個處境，所有人都是義務兵，因爲你這個國家的國民必須願意爲國家去犧牲，你才有辦法徵兵，所以我覺得從募兵到徵兵，他不是四個月到十二個月，不是加八個月的問題，而是對於兵役這個制度整個認識的轉變。

（喬伊斯：好像有一個共識。）對，就是這個國家的安全，與我們任何一個人息息相關。那當然也體現在像黑熊學院這樣的組織開始出來，我即使不當兵，我是女生，那我可以做些什麼事？我也得做點事這樣。

喬伊斯：所以在這一方面還是算比較正面的，對台灣來講。

13.台灣媒體對親中新聞的偏頗是由於境外資金介入，還是媒體素養問題？

喬伊斯：關於台灣媒體對親中新聞的偏頗，是由於境外資金的介入，這個我想應該是沒有疑問的，是這樣子的吧？

李志德：是啊，最清楚的一段就是馬英九執政那八年，一批一批中國省市長、書記都跑到台灣來訪問，他們到台灣的時候，還會買廣告，做新聞置入性行銷什麼的。

當時《新頭殼》記者林朝億，爲了調查這個事情，就假稱他是該媒體機構，打電話給來台灣訪問的廈門市新聞處長說：「這個錢是什麼時候要匯給我們啊？」然後對方就相信了[38]，這是一次。另外還有一次，就是寄錯

38 〈福建置入中時 陸官員：發票來了錢就匯過去｜政治｜Newtalk新聞〉（2012/03/30），入選第十一屆卓越新聞獎即時新聞獎。原文參看：https://newtalk.tw/news/view/2012-03-30/23697。

電子郵件是很可怕的事情，那時候有一個省市政府的採訪團，在發報價單的時候，不小心發給了所有的記者。因爲這幾起案子，監察院還發動調查[39]。這兩次事情，證明說中國那些省市團裡面，至少已經揭露了這兩個是有花錢買新聞的。

菲　爾：這就又回到建制派和媒體的關係，在英國也是一直存在的。從一九四九年起，有很長一段時間台灣的發展基本上是圍繞著國民黨還有他們的資金，所以你可以說媒體和他們有互相依存的關係。國民黨曾經是台灣幾十年的執政黨，國家體制是以國民黨爲中心建立的，而且金錢也是在那裡。除此之外這個傾向還有世代的因素，比較年長的人比較傾向於支持建制派也就是國民黨，例如在英國我的父親如果還在世，就只會支持保守黨，他的朋友也是一樣。

等到老一代的人離開，新的一代年輕人崛起，這個現象才會改變，但是需要很長一段時間，在英國建制派對媒體的影響在幾百年後還是存在。台灣建制派也就是國民黨的影響，最後一定會有改變，可以透過年輕的領袖、年輕的媒體公司一點一點改進，但不是短時間可以看到的事。

關於如何對抗現存的建制派影響，執政政府應該多多上電視宣傳他們的政策，還有他們的成功之處，否則在錯誤的訊息方面，媒體還是可以爲所欲爲。我認爲蔡政府在媒體運作方面過於溫和。民進黨在對抗這種來自國民黨或建制派媒體的宣傳方面太過被動。他們不夠勇於站出來說「不，這是錯的」，並且對此大聲疾呼。但他們通常不這樣做，因此讓這種建制派媒體形成的生態繼續保持穩固的地位。我認爲他們應該要更堅定地反擊。

喬伊斯：菲爾的看法一直是這樣的，他覺得民進黨太……不要說軟弱，太溫和了，很多事情沒有很強力去反擊。但是我認爲執政黨不是反對黨，要特別強力

39 **台灣媒體「業配」中國報導：**根據監察院二〇一〇年監委吳豐山提案，糾正行政院大陸委員會的糾正案文中指出，中國各地區的首長或副首長來台訪問，台灣部分媒體配合以「新聞」方式，進行報導該省或該市現況。且監察院掌握中國與台灣媒體〇〇〇系列報導之合約書，條文載明雙方「付款方式，以匯款方式支付」，足證有對價關係，以金錢購買新聞，涉及置入性行銷。詳情請參閱：https://cybsbox.cy.gov.tw/CYBSBoxSSL/edoc/download/52958。

去反擊，可能也有執政政府的難處吧。

14. 缺愛、缺安全感，台灣媒體愛報導「台灣之光」

喬伊斯：這裡有個蠻有趣的問題，就是中國官媒很常不斷自我打氣催眠，報導中常常提到「中國世界第一」，不過台灣媒體也常常說「台灣之光」，這兩種說法有什麼不一樣？

我自己對台灣之光這種事情，有點雞皮疙瘩掉滿地的感覺，有時甚至覺得有一點自卑轉自大的成份。不過這樣說有一點太嚴重啦，應該是說太急於讓別人去看見自己，然後抓住一個東西就好像是抓住一個救生艇一樣，一定要放大。關於這個你們的看法如何？好像老是喜歡說「台灣最美的風景是人」還是「台灣之光」之類的話。

李志德：我太太是新聞編譯，她發現一個現象，就是在工作上面，他們每天做的第一件事情就是去搜索英文媒體、日文媒體、外文媒體……，哪些報導了台灣，不管它講的東西內容是什麼，都要優先把它翻譯、報導出來，哪怕只是一些很小很小的事情。

甚至有些東西是出口轉內銷，內銷轉出口。就是說，它本來就是在台灣發生的事情，然後有一些外國記者引用了台灣的報導，報導到他們國家的媒體，然後台灣媒體又把它翻譯回來，但其實自己是更前端的消息源。

這凸顯一個心態，就是說台灣人經常害怕，或者是很焦慮別人看不到我們，這種擔憂印刻在基因裡面，我們長久以來認知的國際環境就是當你不被看到的時候，你可能就無聲無息地被人消滅了。因爲中國大、我們很小，在這種情況之下，經過幽微的心情，然後不斷不斷轉換，會轉換到新聞處理的一些修辭，或者是編輯政策上。

矢　板：我覺得台灣人非常沒有安全感，沒有安全感就特別在乎別人怎麼看自己。剛剛你講到出口轉內銷的那個現象，我剛到台灣時就碰到一次，那時候剛好香港反送中，當時在立法院旁邊的濟南長老教會支持了香港很多頭盔、物資什麼的，而且還保護了一些香港學生，《紐約時報》報導了一篇[40]，內容就是說濟南教會怎麼樣撐香港的故事，結果第二天好多台灣媒體都引用《紐約時報》。[41]我就覺得很奇怪，濟南教會不就在你門口嗎？（笑）你自己就可以去採訪啊！這個也要翻譯引用嗎？對不對？如果是在講發生在紐約的故事，你可以翻譯引用，但這是在濟南教會你就自己去啊，語言又通。（眾人大笑）自己好好採訪一下，一定能做得出比《紐約時報》更有深度的報導嘛，但是台灣的反應，就覺得：「這是《紐約時報》的報導，這個了不起！」就是有這種心態。

李志德：哈哈，對啊，爲什麼自己不去報導？就是因爲這則報導的真正新聞點，變成是「《紐約時報》報了我們的新聞」，而不是濟南教會那件事情本身。

矢板：濟南教會旁邊就是立法院，動不動那周圍就全是記者嘛，對不對？所以我覺得這真是一個很奇特的現象。

另外有一個我覺得也是太奇特，就是說「愛台灣」變成絕對的政治正確，這一點我覺得是滿奇怪的。我有一次到台灣一個圖書館，圖書館就給我一個可以在館內上網的Wi-Fi密碼，結果那個密碼是「iTaiwan」（愛台灣），我就覺得說，台灣是多缺愛啊!?

在日本，幾年前有一個東京的年輕媽媽，有小孩要去上托兒所，但東京托

40《紐約時報》〈逃離香港：「反送中」抗議者在台灣尋求庇護〉：https://cn.nytimes.com/asia-pacific/20191209/hong-kong-taiwan-protests/。

41 使用「濟南教會」、「香港」、「紐約時報」作為關鍵字，可見台灣各大重要媒體均轉引《紐約時報》的相關報導：t.ly/B8SE。

兒所很少，必須要去報名然後抽籤，她好像連續三次沒有抽到，於是就在自己的推特上寫：「日本去死吧！」結果這句話成了當年的流行語欸。[42]大家藉這個發洩對生活各種各樣的不滿，國會上在野黨也是天天在講執政黨「日本去死吧！」但是這句話，我想在台灣是絕對不可能說的，台灣誰要是能說出這麼一句：「台灣去死吧！」那這個人馬上在台灣就沒辦法生存下去了。

不管你是執政黨、在野黨，哪怕統促黨也天天講愛台灣啊，對不對？所以在台灣絕對是每個人都講愛台灣，只是愛的方式不同。我覺得愛台灣的這個鄉土愛很正常，但是台灣有各種各樣的問題，而且呢，你應該有一個「不愛台灣的自由」吧！「我生活在台灣，可我就不愛台灣啊，那又怎麼樣呢？」日本人就很多這樣的啊，我住日本，但我就討厭日本啊，對不對？如果什麼時候，比如說有一個政治人物，他說：「我就不愛台灣！」可是他能夠當選，那我覺得台灣就變成一個正常的國家了。（一陣笑聲）

15.全球開始關閉孔子學院、外國記者出走中國，這是台灣的機會嗎？

喬伊斯：這個中國大力推銷了好多年的孔子學院，現在也慢慢受到抵制，像最近英國關閉了愛丁堡的孔子學院，日本也加入審查孔子學院的行列，打算以台灣的中文教師取代。這對台灣而言，是不是什麼機會？

我自己的印象是還在上學的時候，那個時候有蠻多美國的官員來台灣學中文，在陽明山有個華語中心，還有師大的國語中心，還有專門教外國人中文的一個補習班，還蠻有名的。後來外國人就通通轉到中國去學中文了，現在好像有慢慢回到台灣的趨勢。

對孔子學院態度的轉變，加上這幾年也有這麼多的外籍記者來到台灣，是不是一個轉機？這些國際記者當然不是因爲一開始就選擇台灣，很大一個

42 「保育園落ちた日本死ね！！！」於二〇一六年日本流行語大賞入選為前十名。

原因是因爲他們被中國趕出來，要有個地方去，就來了台灣。不過除了必須找到一個駐點，也是因爲台灣越來越成爲世界新聞的焦點，這點是很不錯的。去年底的選舉，我們就有好幾個記者朋友專程來台灣採訪，你想想看以前的台灣地方選舉，怎麼會有外國記者專程來？

在孔子學院之後，這些地方希望有台灣的老師去教中文，因爲他們不要有中國老師教他們一些洗腦的東西。你們覺得這一切對台灣的好處是什麼，或者是台灣政府應該怎麼利用這個機會？

李志德：我舉一個例子，以前在跑新聞的時候，有過一個很有意思的經驗，就是很長一段時間，台灣跟澳門的關係遠遠好過香港。

我後來聽到一個很有趣的原因是，因爲早年澳門本地沒有大學，所以這個家庭的小孩子還不錯的話，在高中畢業之後，如果家裡沒有錢送他去歐洲，他只有一條路——就是到賭場去發牌，那他的人生就到這裡爲止。

但是因爲早年台灣基於自己還是中國唯一合法代表的那個心態，所以就收了好多所謂的僑生，意外地就讓這些澳門的學生有機會到台灣來念書，現在這個數字已經說不準了，但是曾經有一段時間，澳門的公務員有很大一部分比例是台灣的大學畢業的。[43]所以這就使得我們的官員在做很多有關澳門工作的時候，那個對口說不定就是自己的同班同學，一個代表台灣、一個代表澳門，就是說人跟人中間的關係，在外交上或者是在國際交涉裡面有的時候很重要。

所以這就是爲什麼這一次美國二〇二三財政年度《國防授權法案》（Taiwan in the National Defense Authorization Act (NDAA), 2023）裡面，有這個「台灣學人計畫」。很多人當時就看到這個台灣學人計畫的效益，譬如說美國

43 二〇〇八年時任行政院陸委會駐澳門的台北經濟文化中心主任陳崇弘接受《台灣光華雜誌》〈澳門學生留台記〉專文訪問時說：「澳門每年的高中畢業生僅有四千多位，二〇〇七年報名留台考試的就有二千人，相當驚人。」根據教育部〈僑生及港澳生人數概況統計〉，二〇二三年大專校院澳生在學學生人數為二一、一二〇人。

之前一位亞太事務副助卿叫做薛瑞福（Randall "Randy" Schriver）[44]，就是在台灣學的中文。類似這種背景的人有一些，這些人在很年輕的時候就來台灣念書，他可能在念書的時候認識了同學，甚至有可能交了女朋友，或是他的孩子是在台灣出生的，之後他回到美國去，幾年之後他以中級官員的身分又回來，然後再回美國去，再幾年以後他以高級官員的身分又回來。這個人在操作政策的時候，那就會對台灣人非常不一樣。

文官是這樣的情況，軍人同樣也是這個情況，像我當年訪問前海軍總司令葉昌桐[45]，葉昌桐當年在當總司令的時候，跟美國的阿米塔吉（Richard Lee Armitage）[46]交情很好。他們兩個是很年輕就認識的，所以當阿米塔吉做到很高階官員的時候，葉是一個電話，以私人的身分直接就可以打電話和他商量事情。

中間當然停了很長一段時間，美國的這個文官也好、軍人也好，都送到中國去培養學中文。但是這一波再回來之後，從現在開始，我們又可以在兩邊的年輕官員中間，重新建立起關係來，我認爲那個影響其實是非常大的。

喬伊斯：矢板你怎麼樣看這個孔子學院？還有越來越多的外國媒體，或者是外國人到台灣來這個現象？

矢　板：我過去曾專門做過一些孔子學院的採訪，就是要了解孔子學院爲什麼會誕

---

44 **薛瑞福**（Randall "Randy" Schriver，1967-）別名薛藍迪，美國政治家，阿米塔吉國際公關公司合夥人，二〇四九計畫研究所主席。小布希政府時期擔任副國務卿阿米塔吉的幕僚長及亞太事務副助卿，在川普政府時期擔任美國國防部印太安全事務部助理部長。

45 **葉昌桐**（1929-），中華民國海軍二級上將。一九八八年任第十一任海軍總司令，一九九二年任三軍大學第七任校長。一九九四年至一九九九年任總統府戰略顧問。

46 **理察・阿米塔吉**（Richard Lee Armitage，1945-），前美國副國務卿，「阿米塔吉國際」創辦人。一九六七年從美國海軍學院畢業，成為美國海軍少尉，參加越戰。一九八一年，任雷根政府的美國國防部代理次長。二〇〇一年至二〇〇五年小布希政府時期任副國務卿，是當時美國國務院第二號人物。阿米塔吉至今仍對亞太具影響力，二〇二二年撰文〈Getting the Taiwan Policy Act Right|War on the Rocks〉指出美國應做更多來幫助台灣自我防衛免受中華人民共和國侵略已成為越來越多人的共識，並讚許《台灣政策法》要求深化美台軍事合作、加快交運武器等。詳請參見：https://warontherocks.com/2022/08/getting-the-taiwan-policy-act-right/。

生？一九八九年六四天安門事件以後，中國大舉鎮壓，很多的知識分子就出走到國外。到國外以後呢，他們很難適應當地的生活，而且很難找到好的工作，這時候正好趕上中國九二年的改革，就是鄧小平南巡講話[47]之後經濟騰飛，中國經濟整個起來了，因此全世界學中文的特別多，這些流亡海外的中國人呢，就到處教中文，因爲當地有市場嘛。他們一邊教中文一邊反共，因爲是被共產黨打出來的嘛。後來到了兩千年前後，中國就發現全世界學中文的特別多，但這些傢伙都反共，覺得都是被老師教壞的。（笑）

於是中國教育部就說我們要自己教，自己來講好中國故事，正好那時候中國各個部委都往國外跑，教育部是一個非常內政的部，但他發現「欸，我們其實可以在大外宣裡面加入孔子學院」，這就變成教育部的一個特權，然後在全世界普遍開孔子學院，由中國自行訂定教授中文的教材課本。

當然這時「中國威脅論」已經形成了，所以思前想後，中國的文化之中，唯一在全世界看起來比較順眼的，一個是孔子，一個是貓熊，剩下的大家都表示警戒，都看了不是好東西嘛。（眾人大笑）所以就命名爲「孔子學院」，開始到全世界教中文。

但是他教中文有一個問題，就是所有的教材和老師，全是中國派來的——教材中國編的，老師中國來的，那當然裡面會參雜很多中國共產黨的價值觀在其中。孔子學院最大的一個問題是，比如說美國政府爲了普及英文、法國政府普及法文、日本政府普及日文，都會有語言學校，像西班牙政府爲了普及西班牙文，設立的語言學校叫塞萬提斯學院（Instituto Cervantes）[48]，塞萬提斯就是《唐吉訶德》的作者，命名的方式也跟孔子

---

47 **鄧小平南巡講話**（1992/1/18-2/21），是指一九九二年鄧小平在中國南方的深圳、珠海、廣州、上海等地所做的巡視以及重要講話，重申與改革開放相關的鄧小平理論，並期許廣東能按其「生產力為基礎的發展觀」發展經濟在二十年內追上亞洲四小龍——台、韓、星、港，對中國九〇年代的經濟改革與社會進步發揮了關鍵的推動作用。期間，鄧小平早前提到的「不管黑貓白貓，能捉到老鼠就是好貓」的說法廣為流傳，其他常被引用的名言有：「發展才是硬道理」、「不搞改革開放，只有死路一條」。

48 **塞萬提斯學院**，由西班牙政府於一九九一年創辦，是世界性的非營利組織，以推廣西班牙語以及西班牙及美洲西班牙語地區文化為目的。

學院差不多嘛。（笑）

但是塞萬提斯語言學校是在正式大專院校外邊，就是說它是獨立的學校，你想學西班牙語你就直接去這個學校報名，而孔子學院卻是結合在別的國家的大學裡面，也就是正式的公共高等教育裡面。這兩者是有選擇的區別的，塞萬提斯的西語教學中可能含有西班牙的價值觀，但我可以自己選擇是否要學習。可是孔子學院被編入大學的課程之中，有的學校甚至還給學分，那就變成了公共高等教育的一部分，公共教育是這個國家認爲公民社會需要該領域的知識與專業，是用全民繳納給政府的稅金補助的教育，但孔子學院的教學其實裡面有中國的價值觀，而透過孔子學院納入各國家大學課程的這種滲透是很危險的。所以後來全世界就開始對孔子學院紛紛地往外排斥了。

李志德：日本有過孔子學院嗎？

矢　板：日本很多啊！

李志德：但是日本人需要中國人來教中文嗎？

矢　板：當然啊，日本人學中文雖然現在稍微少一點，但也是很積極的。教中文就什麼「放風箏、包餃子」這種的，都在做嘛。

喬伊斯：菲爾你怎麼看孔子學院這件事？

菲　爾：其實我很驚訝人們花了這麼長的時間才意識到這一點，不過再想想，成立當時的中國政權比現在溫和一些，因此西方大學接受這個想法也是合理的。事實上孔子學院是在慢慢進行洗腦，但在學習中文的包裝下不容易被發現，對吧？這樣一想，大學花了很長時間才意識到這一點也不令人驚訝了，這樣的醒悟已經開始發生。

對我而言，習近平政權對所有西方國家都更加好戰，因此在習上任後，圍繞孔子學院計劃的懷疑就不斷加深，這不是壞事。我認爲人們的懷疑加劇，有助於理解事情的實際情況。

第二章

人文、教育、以及所謂軟實力

流行文化與低果先摘

16. 日本流行文化曾席捲東亞，現在則韓流當道，為什麼「韓升、日台降」？

喬伊斯：接著我們進到下一個題目，就是軟實力，中國的軟實力、日本的軟實力，還有韓國。台灣現在也開始在媒體這方面培養自己的軟實力，例如現在我們有這個全英文的國際語音平台 Taiwan Plus，就像是中國央視也有英文台一樣。

說到這個，我認爲許多人有錯誤的觀念，認爲這就是所謂的大外宣，這個說法其實非常無知外行。所有的政府都想、也在打造自己國家的形象，對外宣傳不是造假說謊，而是讓世界認識真實的台灣，不爲人所知的台灣，用中國的大外宣對比台灣的全英文媒體，非常不公平。我是英文媒體出身的記者，對打壓台灣全英語媒體平台的惡意攻擊，抹殺幾十年來好不容易看到的一線曙光，非常不以爲然。

言歸正傳提到日本，這題完完全全是矢板你的。日本流行文化席捲東亞的時代，你有這個印象嗎？記得我在年輕的時候，是只有日劇、日本的樂團、時尚，當時是沒有韓劇這種東西的，什麼都沒有，現在就多了，現在不只是韓劇，還有泰劇。

李志德：就鈴木保奈美《東京愛情故事》那個時代。（笑）

喬伊斯：我們的年代相差不遠！

矢　板：我覺得那個時候，首先是日本泡沫經濟嘛。日本經濟最好的時候，是整個亞洲經濟發展的火車頭。經濟好的話，日本就有各種各樣的發展，生活也變得更加豐富多采，在精神上、經濟上都有一些餘裕，所以說在這種情況之下，日本自然而然也成爲文化上的火車頭。

其實日本是一個非常內向的民族，他的文化是完全內向、純屬日本內裡的文化，但是因爲那個時候日本經濟好，日本經濟發展具有很大的擴張性，所以說大家喜歡日本，日本就完全帶著時代前進。比如說那時候香港也算不錯，但香港也是非常哈日的。那一段時間很多日本文化是通過香港擴散到台灣或者中國——是先從日本傳到香港，然後再從香港到台灣和中國，成就了哈日風潮的時代。

但是提到後來韓國文化流行起來的話，韓國是將「韓流」作爲一個國家工程，是國家帶頭要把韓國的文化向外擴展，所以說很多的韓劇、韓國流行音樂（K-POP），是韓國政府編了很多預算，有意識、有企圖心地在往外擴張。這點來說，日本政府基本上沒有太做到，日本到現在還是自娛自樂！（笑）

因爲日本經濟現在不太好了，所以日本文化影響也漸少了。但是日本並不是爲了討好國外觀眾而製作——討好台灣觀眾、討好香港觀眾，或是爲了討好中國十四億的市場，這個基本上是很少的，因爲日本一億兩千萬的人口也足夠撐起自己的市場了嘛，所以他也沒必要向外太積極地擴張，後來就被韓國追趕上來。

日本的文化，台灣人比較接受，因爲台灣人的上一代是接受過日本教育的，所以說日本文化在台灣相對是比較流行的。但是我覺得如果日本經濟好不起來的話，再次席捲東亞是不可能的。

曾經也有過一段時間，台灣的流行文化好像也起來過，稱之爲「台流」或「華流」，稍微流行過一瞬間啊，就是《流星花園F4》和《惡作劇之吻》等台灣偶像劇的那一代，之後台灣就被中國市場吸走啦。台灣的蔡依林、周杰倫都是考慮中國市場，到現在爲止這些人在中國市場還算比較成功。但是中國市場本身夠大，已經足夠台灣人吃飽，所以台灣的影視音樂也不會特別考慮韓國和日本，因爲沒有必要，所以說這是一個市場關係的問題。

台灣近年有個樂團「落日飛車」（Sunset Rollercoaster），都用英文創作屬於台灣的迷幻浪漫搖滾情歌，他們最受歡迎的曲目〈My Jinji〉（我的金桔）在Spotify上總播放次數已經接近八千萬。除了得了台灣兩屆金曲獎以外，他們的音樂紅遍菲律賓、印尼、泰國、香港、中、日、韓，還擴及歐美。我記得「落日飛車」說自己要和「全世界競爭」、「盡量避免當『台灣之光』，因爲做好自己的事，就會很屌。」這種「啥米攏毋驚、向前行」的精神，其實真的很台灣。

17. 日本和英、美流行文化分別對台灣造成什麼影響？

喬伊斯：志德對日本和英美流行文化對台灣的影響怎麼看？應該是日本的影響是最

大的？

李志德：英、美流行文化對台灣的影響，我覺得一直存在，甚至可以說是最早的，在我們很小的時候，收音機打開來就是警察廣播電台余光播的《青春之歌》，就是聽英文、聽西方的歌，大概從一九五〇、六〇年代開始，從楊德昌的《牯嶺街少年殺人事件》裡面，你看到當時聽唱片就是這樣，那個東西一直都在。

這中間有一段時期流行日本文化，就剛剛矢板說的，經濟實力支撐著日本影響力的擴散，我覺得最近《First Love 初戀》影集，真的讓人回想起曾經深刻打動台灣的日本流行文化。

近幾年來韓國流行文化以及影視作品中，對當代政治的反省，確實令人印象深刻。我覺得韓國是一個有趣的例子，就像剛才矢板談到的，除了這個國家有計畫地推動以外，我覺得它跟台灣剛好是兩個不同發展的路徑。作家顏擇雅[49]非常喜歡用的一個比喻是「低果先摘原理」（Low-Hanging Fruit Principle），他覺得台灣的產業、製造業，現在看起來好像有點困難，爲什麼？因爲低的水果都摘掉了嘛，但這個比喻更適合用在流行文化產業。

回頭看台灣發展流行文化產業的歷程，電視開始發展的時候，中國大陸是連電視都沒有。有一個作家叫查建英，也是《紐約時報》的撰稿人，他有一本書叫做《中國波普》（*China Pop*），裡面的第一篇文章講一個電視劇叫做「渴望」，「渴望」是什麼呢？它是在一九九〇年代中國的第一齣電視劇，所以可以看到中國三十多年前，才有第一齣電視劇，那個時候台灣的電視劇其實都已經發展到可以外銷了，所以當中國大陸觀眾的胃口被養大，大家都喜歡看電視劇之後，現成的供應者就是台灣。

所以那一輩人早期在中國市場其實賺了非常多錢，這個就是顏擇雅講的——在中國大陸把低的果子都摘光了，摘光的後果，就是使得台灣過度依靠中國，於是當中國大陸給你市場限制時，你就受到他限制：給你題材上的限制、給你資本上的限制……，你就被他限制了。等到中國大陸開始加諸各種限制的時候，台灣的影劇產業就一蹶不振直到今天。

跟韓國相比，因爲韓國這個國家小，人口不到五千兩百萬，全世界就只有他們說韓文，因此光靠韓文去打天下是沒人懂的，所以文化產品裡面要有超越語言以外的其他元素去感動別人，讓人家願意掏錢消費。韓國先天處在一個非常不利的作戰位置，所以開始練功，練功之後今天他成功了。台灣的話就是只想打順風球，順風球打完之後就沒有了，或者是說今天就要面臨非常痛苦的再開始。

49 **顏擇雅**（1967-），作家、出版人，著有《最低的水果摘完之後》，認為：「就是受不了大家在唱衰台灣。台灣問題就是最低的水果摘完了，如今應該趕緊打造工具去摘更高的水果。」

18.英、美流行文化對中國和印度有造成影響嗎？

喬伊斯：菲爾你住在中國的時候，有感覺到文化衝擊嗎？

菲　爾：沒有。我抵達中國時的第一印象是好像中國人都很不開心，對很多事情很不滿，計程車司機很粗魯，就像倫敦的計程車司機一樣，他們似乎沒有特別平和的社會氣氛。住在北京的期間常有歐洲的朋友問我：「住在中國是什麼樣子？跟其他地方很不同吧？」我的回答是：「我住在一個基本上可以買到我想要的任何東西的資本主義城市裡，不是你們想像中的共產極權社會。」我可能生活在一個極權獨裁的社會中，但沒有感覺到。當然這取決於你是誰，但就我而言，我沒有特別感受到文化衝擊。

不過這也可能是因為我之前住在印度的關係，即使和英國一樣是民主國家，印度反而給我更大的文化衝擊。我接觸到的印度人總是笑嘻嘻的，即使放眼望去就可以看到極度的貧窮或是貧富不均，或是街上有很窮困潦倒、疾病纏身或肢體扭曲變形的人，但他們總是笑嘻嘻的，在中國就很少看到這樣的情況。

剛剛抵達印度時我很難接受，因爲那是一個如此悲傷的地方，你看到那麼多窮苦貧困的人，這些人沒有希望。我差不多花了一年半的時間，才克服各個方面的震撼，從這種悲傷中走出來，然後你就開始接受它，不能讓它讓你心煩意亂。

例如在孟買市區堵車時，小孩子會爬上你的車開始敲車窗要錢，這會讓你心碎很長一段時間，在北京的市區裡我沒有經歷這樣的事。不過即使這樣，在印度人們似乎比在中國更快樂。

我想也可能是宗教的關係，印度人對宗教非常虔誠，他們有信仰。我想印度是一個非常有靈性的地方，每個人在精神上都非常虔誠，他們相信某種神明，或者相信事情會變得好起來，甚至相信輪迴。在中國沒有宗教信仰，金錢至上，大家只對錢感興趣，在這一點中國對我而言是很無趣的地方。

關於西方文明帶來的影響方面，印度最明顯的西方影響，大概就是英國人建造的舊殖民建築。在中國的話，我認為可以看到更多西方影響，北京的南鑼鼓巷是很好的例子，那是一條充滿西式酒吧和搖滾音樂的時髦街道，有個性的人們染著紫色頭髮等等。天安門事件之後，中國當局體會到要讓年輕人有個宣洩出口的重要性，不要讓他們整天坐在冷冰冰的宿舍裡不滿，於是我們看見時髦的酒吧，時髦的年輕人，在很多方面他們有更多的自由。

從某個角度來看，新加坡也有類似的情形。我記得原來在酒吧上頭跳舞是非法的，後來新加坡政府把這個合法化，可以在酒吧桌上跳舞了，當時我們做了很大的一條新聞。這也是為了讓年輕人有更多的自由，或是一個出口。新加坡政府做了很大的努力讓它合法化並鼓勵人們：「喝酒、結婚、玩樂去吧。」

我在新加坡工作過好幾年，把這個小國家和中國放在一起看也很有趣。新加坡多年來實際上一直是一個有效的專制政權，現在比較好了，但是民眾還是畏懼他們的政府。例如新加坡的國慶日，每個人都會在陽台或窗戶上懸掛國旗，因爲這是理所當然的，他們就是會這樣做。那是我住在新加坡的時候，當然現在一定有一些改變了。所以，中國並不是唯一一個當地人對政府充滿熱愛，或採取類似愛國行動的地方。

我認爲很有趣的是，前些時候我聽到一則報導，《芝麻街》布偶主演的《大青蛙布偶秀》輸出到當時的蘇聯時很成功，我想是因爲葉爾欽支持，但普丁上台後認爲那太西方了，不夠俄羅斯。我個人從未在中國聽過：「等等，我們不能有這個，因爲這太西方了。」有意思的是中國仍然是共產主義國家，而俄羅斯不再是蘇聯。

以前中國還有只能用外匯劵的友誼商店，要買西方的東西就得去友誼商店，就得用外匯劵，現在這些限制都沒有了。對一些從來沒有到過中國或是亞洲，年紀比較大的歐洲人而言，那就是共產主義的中國，但是中國根本早已經不是那個樣子了。所以我說我感覺不是生活在極權共產主義獨裁國家，你不必去友誼商店，你想要什麼西方的東西幾乎都可以買到。

第二節

文化衝擊與國家認同

19.在中國或香港工作期間，體驗到兩岸三地的文化衝擊有哪些？

喬伊斯：說到這個友誼商店，我第一次去中國的時候還有，一定要用外匯券，有人就在友誼商店外面等著用人民幣跟你換外匯券進入買東西。志德在香港住過一段時間，你對於台、中、港的文化衝擊，有沒有什麼感受？你在香港住了多久？

李志德：加總起來算一年。我覺得自己從業過程比較幸運，就是說在《端傳媒》，我除了台灣同事，還會有中國同事和香港同事，他們風格非常不一樣。如果要評價的話，其實我對香港記者的評價非常高。

香港那個社會，我進入的接觸層面其實不多，譬如我沒有去公家機關辦過事情，我接觸到的就是我們公司裡面的行政人員，或者是我們香港的同事。看到我們香港同事在工作上面的認真，如果很直觀地講的話，就是我看到一個西方人——基本上是長得跟我們一樣的西方人！他腦袋裡面完全是西方人，做事的方式其實是西方的，非常的西方，而且這個西方是嚴謹、認真，守規矩的西方人。

所以我覺得香港其實很特別，在英國的統治之下可以有各種評價，但是最有趣的就是說，他在一個完全不同的文化上面，長出另外一個文明果實來。有點像你在一棵梨樹上接枝了蘋果，然後就長出了蘋果來——確實是長出蘋果來，雖然是長出一個不太一樣的蘋果，但還是一個蘋果，而且品質是非常好的。

面對中國也好、日本也好、阿拉伯也好……這些古老的文明在西方現代化之下，都有各種方法去適應，然後長出不同的東西來。台灣長成一個樣子，香港長成一個樣子，而中國就長成一個很奇怪的樣子。但是我覺得香港完全示範出來，一種我們可以叫做「普世價值」的文明果實，即使在一個完全不同的文化中，還是可以表現出效率、法治、秩序……，或許沒有好到那個地步，但是我覺得香港已經是在這個文化圈裡面，長到最好的一種探索了。

喬伊斯：這就是上次你提到，在華人講華語的世界裡面，香港人抗爭在歷史上的意義就是，摧毀了一個華人能夠達到的境界，香港做到的一切，是非常不一樣的。

李志德：對。就摧毀了一種可能性。香港的話，我認爲他一直在推進，一直在往前實驗這件事情，而且在方方面面，特別是他們的教育，我覺得香港人思辨的能力，以及跟社會、跟世界接軌的能力，其實很大程度是來自他們的教育。

喬伊斯：我自己有一個經驗，就是在香港的時候，菲爾已經離開《路透社》了，《新華社》請他去北京演講，當時好像是全球分社社長回北京述職開會，菲爾去分享國際通訊社的全球運作，所以要從香港申請簽證進去中國。

去申請簽證的時候，《新華社》派了兩個人帶我們去辦簽證，櫃台辦理的是一個香港人。這兩個人中比較年輕的去辦理的時候，櫃台那個人一板一眼，可能有一些不愉快，後來換了年紀比較大的去處理，知道是新華社需要的就沒問題了。

在等待簽證的時間，我和他們兩個聊聊天，兩個都在香港住了很久了，這個年輕的很不高興地說：「爲什麼跟我講話是這個樣子啊？也不想想看我們中國對他們香港人有多好，香港都是靠我們。」我當時就想，有這樣的心態，怪不得你們之間的衝突這麼大！但是話說回來，香港人對中國人的敵意，有時是不需要但卻又無法避免的。

中國人和香港人的相處，是我住在香港時最大的衝擊，就是那個上對下的心態是非常明顯的。尤其有一些住在香港的中國人，即使已經住了很長一段時間，還是覺得香港的一切是中國給的，無法站在香港人的角度。反之亦然，香港人認爲他們的經驗或是文明程度，遠遠高於中國人。

我有個香港朋友住在羅湖[50]，那應該是靠近深圳吧？（李志德：在北邊吧。）他說他幾乎每一天都在街上看到中國人跟香港人吵架，每一天。中國人過邊境來買東西大呼小叫，以爲有錢就是老大，香港店員當然不開心，最後就是吵架了。

這種雙方的怨氣或是不滿隨時都會爆發似的，對我而言是很大的衝擊。不過如果去一間茶餐廳吃飯，只要我開口，店員聽我的口音都滿客氣，加上

50 **羅湖**（Lo Wu），位於香港及深圳的交界處。自從一八九八年清朝及英國在北京簽訂《展拓香港界址專條》後，羅湖就被一分為二：深圳河以北的羅湖仍屬中國所有，而深圳河以南則屬於香港，現歸北區管理。在香港一邊的羅湖，是屬於邊境禁區，只有當地居民、要到羅湖工作的人，及需要經羅湖往返香港及深圳的人士才能進入。

我總是背一個繡著「台灣」字樣的書包，對方看到就會說：「喔，你台灣來的啊。」很親切。但如果是中國人，我就親眼看過完全不同的不友善態度。在同一個社會裡面，我當時感覺到最最可怕的就是，有這麼多的衝突和怨懟，但你們已經是住在一起了、同一國了，那是非常非常嚇人的。

20. 日本和中國兩個民族之間有什麼相同或不同之處？

喬伊斯：矢板你以前在日本慶應義塾大學，後來也在中國社科院讀書，作為一個日本人，你比多數台灣人還要認識中國。你對這兩個民族的看法如何？

矢　板：在講日本民族之前，我覺得香港、台灣、日本，這是屬於有可比性的，中國基本上不是屬於一個發展時期，並不具備可比性。

比如說我在中國當記者的時候，二〇一二年有一個重慶連續搶劫殺人案[51]，就是有一個人持槍在銀行門口，看取錢多的人出來之後跟在後面，開槍後就把錢搶走，連續殺了十幾個人非常兇惡，後來就被當場擊斃了。這個犯罪簡單粗暴，他的動機清晰，也非常可以了解。

但是我後來在日本當記者，也採訪過很多連續殺人事件，有的是什麼歧視女性，有的是小時候受家暴……發現理由都是很牽強的，也就是說，那個動機是我們強行給他編上理由寫文章的。那他到底爲什麼殺這麼多人？不知道。我想他自己也沒想明白，可能就是對社會不滿吧。

所以說中國還處於原始社會，是個原始人拿著大棒子等著野獸的時代，但日本、台灣這邊呢，已經不是煩惱今天沒有野獸出來，而是到了苦惱要不要微整型？鼻子好像稍微低了一點……這都已經是不同煩惱的階段啊。

51 **重慶連續搶劫殺人案**（2012/8/10-14），中國將其歸於「蘇湘渝系列持槍搶劫殺人案」中。犯罪嫌疑人在江蘇、湖南、重慶等地多次作案，造成多人死傷，最後遭當場擊斃。

所以你們剛才比較中國和日本，我覺得在做學問方面，或許因爲中國接受馬列共產主義、毛主席思想等教育，中國一些學者做學問的方法論可能還沒有入門呢。

我記得特別清楚，大概二、三十年前了，有一次日中的學術研討會，就是一群研究中國的日本人和一群研究日本的中國人，彼此互相交流。日本學者做學問的方式非常嚴謹，比如說研究中國國有企業的破產，爲了研究中國國有企業的私有化、改革等議題，他們定點在一個中國東北的毛巾廠，每幾個月定點去一趟做詳細的調查，從各種細節分析當時有多少人離職了、薪水多少錢、怎麼樣分房子，然後就把這個中國國有企業改革的各種問題給整理出來了。

相較而言，以中國一位研究日本的歷史學者爲例，那次研討會上，這位中國學者發表的論文上寫的是：日本人一開始先謙虛，後來慢慢經濟發展，學很多東西；經濟發展之後就自我膨脹，然後就擴張了軍國主義，這就是從明治維新到二戰；然後二戰之後呢，日本人又謙虛了，又開始發展；現在又膨脹、又軍國主義了……就這樣把日本史寫完。

我心想，這叫什麼學者啊？基本上他就還是洋洋灑灑寫一篇關於「日本發展週期論」的論文，主軸就「謙虛」和「膨脹」兩個意思。他還是中國社科院一位蠻有名的日本研究學者，就是說他根本……怎麼說呢？你碰到這種論文根本沒辦法跟他計較，也沒辦法跟他討論嘛。中國學者受的教育，他們的思想、方法……完全和日本是不一樣的。

剛才喬伊斯你講香港的那個事情，我就想到一個故事。我記得也是好幾年前，一個中國人到日本住下來，他住的房子前有個小院子可以種一些菜，和對面鄰居前的小院子是彼此相連沒有隔牆的。他屋前的空地當然是什麼都沒種的，他看對面人家種著很多蔥、韭菜什麼的，半夜就全給人家拔下來種在自己家前面空地去了！

第二天那個日本人起來，發現自己院子裡的植栽都不見了，一看，都種到另一頭去了。誰都認識自己種的東西嘛，於是就找那個中國人吵架，那個人日語還不好，就在那邊說：「北方領土不是日本的嗎？你怎麼不找俄羅斯要去啊？你先去要，等你把北方領土要回來，我就把蔥還給你。」（喬伊斯：這沒法講下去了。）對對對，他們用一個好像更宏大的邏輯振振有詞：「你就會欺負我們，對不對？」（笑）

喬伊斯：我們在北京的時候住在一個四合院，就是有四個房子中間一個院子那種標準四合院。我們院子後面有個鄰居的平房，因為他兒子要結婚，他就加蓋了第二樓。那個二樓有個很大的窗戶，就正對我家的院子，整天可以看到我家。鄰居在蓋的時候，我就去跟他抱怨，我說：「你這樣子不行，而且你這個根本是違法的，胡同不能蓋二樓。」[52]他說：「我兒子要結婚啊，沒有房間住要怎麼辦？」他明明就是違法了，也還是振振有詞，於是就這樣蓋起來了。

當時因爲我們有個院子，常常請朋友來烤肉，多數是駐北京的外國記者。外國人在院子中間烤肉，後方那個鄰居很喜歡看，有時他就一邊吃東西，一邊看我們這邊在烤肉，好像在看戲一樣。我越看越覺得不舒服，就要幫我們裝修四合院的工頭小李幫我想個辦法。小李也不是省油的燈，就在我們家這頭的屋頂上架了一個竹簾的圍籬，把那個窗戶擋起來。蓋在我家這頭他管不著，但是他窗戶一開就看到這個竹簾，這樣他就再也看不到我家院子了。很快，大概一天之內小李就弄了個架子把他的窗戶遮起來。

結果鄰居第二天就來敲我的門，跟我說：「你那是什麼意思啊？」我說：「沒什麼意思，你這樣子老是看著我家，我家先生是外國人沒辦法接受，我沒關係但是他外國人他不喜歡。」他說：「你這樣子擋到我家的光。」我說：「這在我家呢，我這個竹籬沒有的時候，你是開了窗就看到我家院

52 胡同非法加蓋，根據二〇一三年《紐約時報》〈私搭亂建蠶食老北京的胡同風景〉報導，由於北京房價是天價，所以雖然在指定的文物區，改變房屋的外觀是非法的，但對業主們來說，加高和外擴住房的違章建築還是非常具誘因。詳可參見：https://cn.nytimes.com/china/20130801/c01hutong/zh-hant/。

子。」他說：「誰要看你啊！」他真的是振振有詞，完全沒有道理的，這件事最後就是不了了之，因爲他違法在先也不能要我拆。我感覺這個就是很大民族性的不同。（矢板明夫：所以我說，沒有可比性的。）對，你沒有辦法跟他講一個道理。

21.中國人民為什麼能長時間服從甚至支持一個極權政治體系？

喬伊斯：中國有這些大家都看見、不能接受的地方，爲什麼他們的人民好像還是非常樂意去服從，甚至非常愛國？是什麼樣的原因，他的人民可以這樣覺得呢？

李志德：我覺得第一個是言論管制還是有效，第二個其實我們看到中國所謂的民意是片面的，現在能夠觀察到的大概從網路上，但網路上可以呈現出來的內容基本上是篩選過的。所以我們其實很難知道，究竟中國人的民意真實爲何，因爲在中國基本上沒辦法做民意調查，對於公共政策，乃至於對於國家的印象，或者是其他都沒辦法得知。

如果可以真正在中國發動一個嚴格意義的民意調查，問他們對日本的印象的話，說不定遠遠好過我們的想像，說不定根本不是我們想像的那樣。但是在中國因爲言論管制的關係，表現出來的也是審查過的，或者他自己在表達的時候就已經先做了自我審查了，所以我覺得中國整個是一個扭曲的環境。

因爲直白正常的表達，我們可以說你這個人怎麼這樣，這個可以分析，但是如果這個表達出來的本身就是扭曲的，就很難去探查真意。我只能知道確實是扭曲的，但是不知道真實究竟是什麼，所以就跟這個人聯繫不起來，我覺得分析中國的困難，其實是這個。

菲爾：的確，這些都是表面的，很難知道究竟人們真的怎麼想。一般而言如果生活過得不錯，那麼他們就有點心甘情願讓別人帶領他們。在民主社會裡，你有言論自由，想要的東西大致都有了，那就只要跟著潮流就好了，對政治不必太熱衷，甚至不會去投票，一直到這個情況改變爲止。在完全民主的國家，人們有完全言論自由的情況下，我想通常有三分之一的人不會去投票。只要他們的生活沒有問題，他們就會讓政治自己發生在他們周圍。如果他們開始感到飢餓或對稅收等事情感到不滿，那麼他們就會反對政府。

中國不是民主社會但也是一樣，只要物質生活大致過得去就沒問題，而且可能有三分之一的人很滿意，因爲過去比方說十五年中他們比以往任何時候過得都要好，那就沒問題，一直到這個泡泡破裂爲止，然後問題就會出現，不滿情緒也會湧現。就像你談到的那樣，當錢用完，這些問題就會浮現。現在中國好像在朝這個方向走去。

以前在西班牙、義大利、德國都有獨裁統治的例子，大家也都沒有太多意見跟隨獨裁者很多年，一直到發生了讓他們不高興的事情，然後他們就想要民主了。另外，我們之前也討論過共產主義週期大約是七十年，這個週期在中國有點快要結束了，現在 GDP 基本上是接近於零，在過去的好日子裡那是8％，人們會漸漸開始不滿，但是他們不能投票讓政府下台，因爲中國沒有民主。所以可能必須有一個大的事件來促成這個改變，例如天安門，例如柏林圍牆，這是個棘手的情況。

還有一個例子是越南，有人認爲越南的獨裁並不是那麼糟糕，很多人過得還不錯，沒錯，媒體被控制了，偶爾有些異議份子消失了，但大致上日子不太糟糕。在亞洲金融危機期間，我進入了一些長期處於獨裁統治下的國家採訪，例如印尼，該國被經營得很差，亞洲金融危機成爲了一個讓每個人都不滿的強大催化劑。在此之前，媒體和教育等方面的控制非常有效，可以保持獨裁者的地位。因此從這方面來看，越南是一個相對良性的獨裁政權，有媒體控制，偶爾有幾個政治競爭對手消失了，但是日子過得還可以，所以不會有人真正在意，也不會有人要冒著風險出來做其他危險的事情。沒有風險是一個相當強有力的論點。

我猜英國前首相邱吉爾會私下贊成這樣的獨裁政治形態，因爲他非常自負，他覺得他有能力可以很好管理這個國家，不過他是屬於自由派，所以他應該會採取一種比較自由的獨裁。也就是雖然是獨裁者統治，手段卻是相對比較寬鬆自由的，這樣多數人都可以滿意。邱吉爾總是說「民主制度絕非完美」，所以只要多數人滿意，獨裁統治也可以很好地運作。

在過去的十五或二十年裡，中國人比以前快樂，因爲他們現在都有錢了，比以前擁有的更多。如果錢不夠用了，他們就會停止支持政府，這可能會與我們之前談到的七十年週期相吻合。

再看阿拉伯之春，阿拉伯之春是獨裁政權倒台的運動。爲什麼？因爲人們不快樂，因爲他們覺得受到虐待，那不是新加坡模式的獨裁統治。當你看看阿拉伯國家，其中有些在中東依然一蹶不振，例如利比亞，從未回歸正常運作，那是獨裁者經營不善的結果。獨裁者管理不善的政府會被推翻，例如阿拉伯之春就發生得非常快。

當時中國一定非常擔心，因爲這種罕見的事情在其他地方發生，但當時在中國，人們有錢有車，好像沒有真正的問題。不過轉變正是發生在這種看似沒有問題的時候，你可以在中東看到這一點，沒有人真正知道當時中東人不滿的程度，不滿一旦開始，就會發展得非常快。例如在亞洲，金融危機就像催化劑，這場危機迫使在舊型經濟中存在的半獨裁政權承受壓力。

中國也面臨這個問題，但必須是有個引爆點才能產生重大變革。俄羅斯已經經歷了這種情況，包括柏林圍牆倒塌和蘇聯集團解體，當然中國現在處於和蘇聯當年非常不同的位置，不過這個歷史性七十年的週期是在那裡的。

喬伊斯：矢板你應該是在中國住得最久的，你覺得爲什麼他們會如此？像剛剛志德講的一個比較扭曲的環境，讓我們不知道到底是真的還是假的。或是像菲爾覺得，可能必須有一個引爆點，然後忽然發現好像大家都很快樂、或很服從的表象，其實根本不是那麼回事，大部分人是不快樂、不滿的。就你住在中國的觀察，是怎麼樣呢？

矢　板：我覺得很多人如我剛才所講，中國現在民族主義被炒作起來了，這個情況之下，大家都覺得中華民族是最優秀的，又是最委屈的，而且現在是最危險的。從這個邏輯上考慮問題的話，他們當然會覺得自己好棒棒，覺得周圍全是壞蛋，而且這個我認爲是跟經濟、環境很有關係的。

比如說最近有一個蠻有意思的新聞，就是中國現在新拍了一個電影，張藝謀的《滿江紅》，是拍岳飛抗金的故事，當然最後就是唱那個岳飛填詞的主題曲。電影看完以後，大家就跑到各地的秦檜像去扔東西，非常激動。

看《滿江紅》的電影票房率，很有意思，在中國東三省是最多的，越到南方越少。問題是《滿江紅》是抗金的故事嘛，那東三省就是金啊（眾人大笑）。就是說他們都是當年金國的後代，所以看完抗金電影他們激動什麼呢？他們是敵對那方啊！

遼寧、吉林、黑龍江這東三省的經濟發展在中國是屬於落後梯次的，中國三十一個省區市的GDP總量中，除了遼寧好一點，排中後段班的第十七，黑龍江排第二十五、吉林第二十六，都是倒數前十名有份啊。東三省窮，對自己的生活不滿意，所以說一直鼓吹「我雖然很窮，我雖然沒本事，但是我的民族很優秀，我們中國現在在國際上很牛啊！」用這種邏輯在找自己的心理平衡。

其實以此類推，日本在網路上也有各種日本的保守主義，天天說日本怎麼樣了不起的，基本上都是平均收入最低的一群人，他們要在別的地方找回自己，所以說這是要靠經濟慢慢發展，而且需要幾代人的時間和努力才能改變。

共產黨就用這樣的民族主義統治，這種人頭腦也比較單純，所以一旦民族主義煽動起來的話，他們就變得很順從，但是這個也是雙刃劍，如果他們覺得政府懦弱，他們就會開始攻擊政府，所以政府要不停地滿足這些人的要求。

喬伊斯：菲爾常常在講，如果你到英國一些什麼鄉下地方的酒吧，比較沒什麼見識的地方，他們說不定覺得這個「大英帝國」都還以某種形式存在著，覺得英國還是很了不起，他們完全沒有那個概念說，英國其實現在已經式微了。

22.為何日本、中國或台灣，極少培養出在國際企業擔任高階主管的人才？

喬伊斯：有人認爲印度比較有和西方接軌的能力，覺得印度人去國外當到企業最頂端的人是比較多的，反而中國、日本、台灣沒有那麼多，你覺得是什麼樣的原因？好像我們比較難培養出這樣子的人？

菲　爾：我認爲這有點迷思在裡面，我在印度生活很久，感覺好像全世界都有一個認知，就是印度小孩都會長大爲了不起的數學家、科學家等等，這有點像是個神話。你在世界各地看到很多印度工程師、科學家、數學家，其實也是因爲在印度沒有足夠好的工作讓他們做，所以他們離開了。

在中國這樣人口相似的地方，同樣會有很多的聰明孩子，而他們有工作可以去做。中國有很多大公司例如阿里巴巴等等可以給他們工作，所以相較之下在世界各地似乎比較看不到他們。

印度的教育水準很好，我們在這裡討論的是一個貧窮的國家。但在印度你可以看到住在貧民窟裡很小的孩子，還是穿著校服去上學，他們對待教育是不可思議地認真。我認爲很多印度人在外國做工程師、科學家、企業家這樣的工作，是因爲他們需要離開印度才能找到更好的工作，可以離開的只是很小一部分的印度人，但即使如此，那個數量還是很多。

至於台灣，我不知道，因爲這裡只有二千三百多萬人，所以你不會在世界頂級大企業看到太多台灣人，這也是比例的問題。

日本的話，我想那是一個非常封閉的社會，很多日本孩子不太會想出國生活，因爲這不是他們的風格。就像大多數澳洲人，他們熱愛澳洲，但總是想離開，因此你在世界各地都能遇到澳洲人。

我在印度時的員工，他們的雄心壯志之一就是去國外生活，那是很多人的夢想，無論他們是記者、技術人員還是在其他部門，他們都說：「我想離開印度。」他們想離開印度不一定是因爲討厭印度，而是因爲他們看到了國外更大的機遇，與印度相比，其他地方的薪水和生活品質高很多，因此離開印度往往是單向的，常常是走了就再也不回去了。

至於中國的情況略有不同，他們會離開中國，然後再回去。例如他們去澳洲讀書拿到學位，也許在麥當勞或是哪裡工作個幾年，之後想辦法獲得居留權，然後他們再回到中國，這是我在新聞界所觀察到的。

所以看到國際間有很多高階印度裔經理人，就以爲印度有數以百萬計聰明絕頂的人，我認爲這有點像是個神話而已。其他國家也普遍都有這樣的孩子和年輕人。

喬伊斯：對，這個我同意，當然只能就我們接觸的人來看。印度人就是想要到國外去，因爲國外有更好的機會，因爲他要突破他的貧窮。在印度他可能是一個中產階級，因爲種種原因沒有辦法再往上，但是到國外他的機會更多，或者他的生活環境會更好，在印度的生活大環境就是不好，所以他們一直出去，出去以後就不回去了。

但是我認識的有一些中國記者就不同了，我的感覺是因爲他們的民族自尊、對國族主義的認同是非常強的，因此老是覺得我在別的國家是做二等公民，我爲什麼要讓你看不起？而且他們老是覺得中國被欺負，被世界欺負排斥，只有回到我的中國，才能夠是堂堂正正做一個人。

我認識的一些年輕記者的確是這樣覺得，他覺得到國外去，沒錯，生活環境是不錯，但是在北京、在上海，我去酒吧也是跟紐約是一樣的，我爲什麼要在國外受別人的氣？所以就回去了。

我感覺印度人比較沒有這樣子覺得老是被人家欺負，當然種族歧視，或者是當人家的二等公民，這難免一定存在的，但你就是在別人的國家。印度人似乎比較沒有那種氣，覺得我就是被你們強權欺負。中國人比較有這種你欺負我，所以我就要回去的傾向。

23. 關於印度、日本、台灣、中國移民對母國的認同

李志德：我覺得還不光是從中國出去的人，哪怕是已經在海外居住的第二代、第三代，都還會有很強的中國認同。我不知道，在英國生活到第二代、第三代的印度人，是不是還有很強的印度認同？是不是還是非得要看到印度的電視台、閱聽印度的藝文作品，或者是對於印度內部的政治問題，還熱衷去參與、去討論？還是這是中國人特有的現象？

菲　爾：如果你指的是年輕的印度裔英國人，他們像我一樣有倫敦口音，他們會說：「我是英國人。」我的經驗是他們對所謂的印度這個祖國沒有太強烈的認同感。

李志德：所以喬伊斯你是覺得中國特別，還是印度奇怪？

喬伊斯：我覺得是中國比較特別，因爲他老是覺得他被人欺負、被強權欺負，中國已經是這麼強大的國家了，好像全世界都在聯合起來欺負我們。我認識到的中國朋友，這種感覺是滿強烈的，他們常感覺中國被欺負。

菲　爾：還有一個原因，海外的印度人，他們也可以有印度身分。你知道，如果你喜歡的話，是英國人也可以有印度護照。但中國人不能這樣做，你不能依然持有中國國籍去英國成爲英國人。如果你要拿澳洲護照，你就失去了你的中國護照。

在身份方面印度是比較寬鬆的，可以做很多事情，他們叫什麼來著？他們叫海外印度公民（Overseas Indian National）或印度僑民（Non-Resident Indians (NRIs)）或者其他類似的稱號。他們可以同時有一個正式的身分，可以說：「我是印度人，我要把我的家人都帶回印度。」「我在印度那裡出生。」印度政府的確盡一切可能，讓想回印度的印度人回到印度。

喬伊斯：就像林書豪根本是完完全全的美國人，你要說他是台灣之光這一類的。我覺得這有一點是華人的緣故，我不曉得其他亞洲人是不是也是這樣子？台灣人也會這樣子，某個外國出生長大的人，因爲他爸爸媽媽是台灣人，就可以說是台灣之光。（李志德：就是「光宗耀祖」這種想法。）對，這個可能比較是中國人的「儒家思想」吧。

李志德：如果說印度人會有這麼強烈的祖國認同的話，那像蘇納克（Rishi Sunak）[53]就不會當選英國首相，因爲大家就會懷疑他的忠誠和誠信（loyalty and integrity）。

53 **里希・蘇納克**（Rishi Sunak，1980—），英國保守黨籍政治家與企業家，現任英國首相和保守黨黨魁，是史上首位非白人、亞裔、印度裔及印度教徒的英國首相。也是自兩百年前的小威廉・彼得和利物浦伯爵詹金遜以來最年輕的英國首相（四十二歲）。

菲爾：英國的情況有點不同，因爲殖民的關係，英國和印度的關係非常密切，所以英國人看待印度的方式與看待中國不同。我認爲英國很難出現一個華裔的總理，也許幾十年都不可能。

這基本上是歷史性的，就像英國人很喜歡咖哩，因爲印度文化深深地融入了英國文化。因此像蘇納克這樣的人成爲首相，大家連眼皮都不會眨一下，但如果是華裔？我想是很難在短期內看到的，大概要等很多很多年。和印度一樣，跟中東也是如此，我的意思是英國政府中出現例如伊拉克裔的官員並不奇特，因爲整個殖民時代，中東有些國家是英國殖民地。這些都是英國文化遺產的一部分。

另外一個例子是，每天早餐桌上看到的，在英國家家戶戶餐桌上都有的 HP sauce（Houses of Parliament sauce）沾醬，這個醬汁的基本成份是印度香料，因此每個人的家裡都有那麼一點印度，HP sauce 陪著每一個英國人長大，從這一點看來，印度文化深深地融入了英國文化。

李志德：我也想請問一下日本的情況。當年祕魯不是選出一個總統是日本人嗎？日本人移民到其他國家去的時候，在美國也有當選參議員、眾議員的，他們到底是不是像華人一樣，有很強烈的「祖國認同」？

矢　板：我覺得日本的民族性完全跟中國不一樣。我過去派駐在華盛頓哥倫比亞特區，在華府有很多外國人的族群——中國人圈我也混、台灣人圈我也混、日本人圈我也混，當然還有各個韓國人圈啊什麼的一大堆。日本人啊，到全世界任何外國都是當地語言最差的一群人，包括在台灣也是啊，因爲日本人特別喜歡跟自己人混在一起，而且對外來文化接受的很少，這就是日本人。

在美國還有一種叫「日系人」，就是以前是日本人，血統上是日本人，但是實際上已經變成美國人了，那群人跟日本人是完全不同圈子，而且那群人的英文講得特別好，但是日本話都不會。日本人好像只能選擇一個認同，然後呢，他就是徹底同化——如果我一旦變成美國人，我從今天開始就是變成美國人，把過去全部切斷，我完完全全是美國人。所以說日本有一段時間，許多日裔在美國擔任國會議員，是亞洲最多的。包括剛才講的前秘魯總統藤森（Alberto Kenya Fujimori Inomoto）[54]，我也採訪過他，他不會日語，基本上就是以西班牙語在交談，然後請人翻譯，完全變成當地人了。

（李志德：他是日本移民第二代嗎？）對，不過他完全變成當地人了，除了名字還留著日本人的痕跡以外，語言、想法、……完全就是一個祕魯人了。然後他也是以一個外國人的身分來日本，這一點和中國很不一樣，中國人總是要「落葉歸根」，對不對？然後有小孩一定要送到中文學校去，中國人總和自己過去的文化切不乾淨。而且，比如說印尼為什麼排華呢？馬來西亞為什麼後來成立新加坡呢？就是華人拒絕融入當地社會，這是中國人的習慣。但是日本人要不就融入，要不就堅決不融入，有自己的小圈圈。

台灣人的話，過去陳唐山他們要遊說美國故總統約翰．甘迺迪的弟弟——參議員愛德華．甘迺迪（Edward "Ted" Kennedy）。當時是台美斷交、美國跟中國建交以後，美國把很多給台灣人的福利和特權轉給中國人。陳唐山當時是台灣人公共事務會（FAPA）會長，他就跟甘迺迪遊說，甘迺迪說：「你們台灣人沒有票。」於是陳唐山就發動所有的台灣人給甘迺迪寫信，好像一個星期發了八千封信，而且全是有美國當地投票權的！

台灣人還是非常愛家鄉的，不管你到第幾代，還是愛家鄉。這一點跟日本人比較不一樣，跟中國人比較相似。在美國的台灣人很多會教小孩台語，有一群人在美國，只會講英文和台語，然後回台灣沒辦法生活。（笑）

喬伊斯：有一位打網球的，那個莊吉生[55]，就只會講台語。

---

54 **藤森謙也**（Alberto Kenya Fujimori Inomoto，1938-，西班牙語姓名：首姓或父姓是「藤森 Fujimori」，次姓或母姓是「井元 Inomoto」），日本裔秘魯政治人物，於一九九〇年至二〇〇〇年擔任秘魯總統，擁有秘魯、日本雙重國籍。

55 **莊吉生**（1989-），母語為英文及台語的台灣職業網球運動員。二〇一七年代表台灣參加世大運男子單打網球比賽，奪得金牌。二〇一八年成為台灣史上第三位溫布頓正賽的選手。

第三章

台灣新世代、新文化

24.怎麼看台、港、中年輕人流行語：左膠、內卷和躺平？

喬伊斯：現在中國、香港、台灣年輕人有「左膠」(leftard)[56]、「內卷」(involution)[57]、「躺平」(lie flat / goblin mode)[58]、等流行語，這個「內卷」我倒是不知道，你們怎麼看？

矢　板：志德你先來談一下，你是年輕人代表。(笑)

李志德：台灣嗎？感覺上中國流行語比較多，左膠當然就是香港講的，用來指空談理想但不切實際的左派份子。內卷跟躺平應該是從中國大陸傳來，內卷本來是指亞洲農業社會精耕細作，投入大量勞動力卻無法實現經濟突破的問題。後來被年輕人用來形容在競爭高度白熱化下，彼此競相自我剝削，最終努力卻無法得到相應回報的狀況。

躺平跟內卷比較像同一個概念，形容中國發展到現在，經濟上出現瓶頸的時候，年輕人覺得沒有希望，所以「我不想努力了！」有人認爲這是一種軟性的反抗。構不構成反抗我不敢講，但是至少年輕人失掉了那個進取心跟動力，這倒不是來自於這個世代的問題，而是整個社會體制對他們非常不公平。

喬伊斯：你覺得這個對中國來講，會是一個威脅嗎？

李志德：一個世代的集體怠惰，確實會造成一個比較嚴重的後果。

---

56 **左膠**（Leftard），「左」是左派、左翼；而「膠」，則是粵語中罵人的話，表示一個人很愚蠢、思想很僵化。詳請參見〈「左膠」到底是什麼意思？究竟誰才是傳說中的左膠青年？〉：**t.ly/-FYT**，及維基百科：**https://w.wiki/6V4m**。

57 **內卷**（involution），詳請參見〈「內卷」與「躺平」之間掙扎的中國年輕人—BBC〉：**https://www.bbc.com/zhongwen/trad/chinese-news-57304453**，及〈恐怖「內卷」時代來襲！到底內卷是什麼？沒想到台灣這麼多人用—網路溫度計〉：**https://dailyview.tw/Popular/Detail/15917**。

58 **躺平**（lie flat / goblin mode），有網友將躺平族分為四類：全躺平、半躺平、微躺平、婚姻中躺平。詳請參見〈八年級一堆「躺平族」是什麼意思？〉：**https://dailyview.tw/Popular/Detail/11949**。

喬伊斯：好幾年前我記得《華爾街日報》[59]有一篇文章提到台灣有很多年輕人就是喜歡去開一個咖啡店，他不要朝九晚五上班，就開一個文青咖啡店，愛幾點開就幾點開，不用受人家管，我記得裡面也訪問了一些人，問到這樣子的一個世代，經濟要怎麼樣進步呢？很多人都只是想開個咖啡店，一個禮拜上三天班，然後低調與世無爭過日子就好了。如果一整個世代都是這樣子，都要躺平，那怎麼辦？

矢　板：日本也是一樣，日本管這個叫草食型，草食動物，就是沒有進取心，沒有上進心的意思，不願意跟人競爭。某種意義上也是當社會過於成熟的話，你去競爭沒好處嘛。

就是當社會剛起步發展的時候，你可以當有錢人，可以有很大的權力，但是你看台灣有權的人像陳水扁、馬英九一個個都那麼慘，大家覺得我幹嘛那麼努力？而且台灣社會現在也不可能再出現王永慶那樣的人了！大家就覺得都差不多，反正努力不努力都沒差別，那我幹嘛選擇那麼努力的生活？就是說當社會上你的榜樣沒有了，你很努力、工作很勤快，結果就陳宗彥[60]嘛，對不對？疫情期間全年無休，結果為了十年前的爭議只好請辭。那年輕人一看，覺得我幹嘛那麼努力，何苦來哉？對不對？

但是過去蔣介石獨裁時代，你要做到一個什麼國民黨副秘書長，那個不得了，對不對？大家都覺得，我上去了就有絕對的權力，有很多社會資源，又不受監督。但是當社會過於成熟的時候，你付出那麼多，得到的卻很少，CP值既然不高，那大家就一起草食躺平了！我覺得這大概是一個社會改變的狀況。

59 〈In Taipei, Taiwan, Life in the Slow Lane—WSJ〉(2013/3/15)：報導台北成為崇尚「簡單」、「慢活」的文化創意新都，但也點出或許適合退休養老，不過「毫無疑問地，如果你年輕又有才華，最好還是到上海或北京去打拼。」https://www.wsj.com/articles/SB10001424127887323826704578353335204755530。

60 **陳宗彥**（1967-），二〇二〇年一月至二〇二二年七月任職嚴重特殊傳染性肺炎中央流行疫情指揮中心副指揮官，九一七天內全年無休天天開記者會。二〇二三年一月底擔任行政院發言人，旋於同年二月因十年前在台南市政府涉及的相關爭議事件請辭。

喬伊斯：菲爾你怎麼看呢？

菲　爾：這個躺平族從某個角度來看也不是現在才有的新鮮事，已經存在了幾百年，造成的因素很多。如果你回到三百年前的歐洲，有年輕人無法應付生活，不喜歡他們正在做的事情，他們會成爲僧侶或修女。在那個時代，兩三百年前的歐洲，修道院裡擠滿了人，不少人也只是說，我無法應付現實了，然後就躲進修道院。

我認爲這也反映在現今的美國，一些中西部極度無聊、鳥不生蛋的城鎮裡的年輕人，他們找不到體面的工作的話就可能會從軍，因爲日子可以好過一點，有點目標，有人跟他們說要做什麼，偶爾也可以旅行。他們比以前擁有的多，不用花腦筋想太多去。

在英國的話，也有類似的現象，因爲社會保險體系，同樣的問題也出現。他們不想工作，想整天玩電子遊戲，很高興可以不用出門工作、領保險金、住在一個小公寓裡。英國有不少這樣的年輕人，不工作就是他們決定要的工作，把這當成他們的人生。他們沒有野心，任何抱負都沒有。

某種程度上，我認爲這也反映在出生率上，年輕人沒有孩子，低出生率是個問題，特別是在台灣、日本、韓國都有這個現象。英國的出生率大概是百分之一，政府非常擔心這個問題。一些年輕人有一定的生活形態了，他們不願意負養育子女的責任。我認爲很多因素都混在一起了，因此「躺平」只是描述百年來已經存在現象的最新名詞。

在台灣也是如此，人們上大學拿了不錯的學位，可能會結婚，然後經營一家咖啡店，做他們想做的事，這是一種生活方式。換句話說，他們不想擁有星巴克之類的大連鎖店，只想開一家小店，也許可以住在那裡，這樣就夠了。沒有孩子，沒有真正的大開支，有那家小店，在餘生中你就可以過著零野心或沒有進一步野心的生活了。

老實說這不是什麼新鮮事，人們談論它像是一件新事物一樣，但我並不認爲它是。你上街去看看，街上有很多咖啡店，吧台後面站著年輕人正在煮咖啡，他們似乎都很開心。這個現象沒有錯，這是你在其他國家也能看到的現象，只是在不同的國家以不同的形式存在，但在本質上是一樣的。在英國，很多年輕人就是不想工作，對人生沒有設定任何目標，他們對接受挑戰沒有興趣，對現狀感到滿意。

我認爲這背後令人擔憂的是，越來越多人決定不要有孩子。許多政府擔心出生率低的問題，因爲那將會對經濟造成傷害。如果沒有孩子，整個經濟就會停滯。中國人口爆炸所以在人口方面是有計劃的控制，但出生率實際上已經下降。歐洲也很擔心，全世界都在擔心。目前唯一真正沒有出生率問題的地方大概是中東，主要是穆斯林國家。有點像生了十四或十五個孩子的舊天主教家庭，不過即使是天主教徒現在也沒有一個大家庭，也不再生那麼多孩子了，現在換穆斯林接棒，伊斯蘭教徒還有龐大的家庭。

對我來說，如果回顧歷史，這些事情都很典型，只是在不同年代或不同國家發生罷了。

25. 年輕人進入新聞媒體的低薪困境

李志德：我出道二十多年了，當時的電視台高層很年輕就當上主管，很多人現在都還在那個位置上。因為市場越來越小，職缺越來越少，導致新聞高層主管越來越不會離開，他們就一直在那個位置上。所以年輕的記者一看，「哇，上不去我就算了吧！我去做公關，我去哪裡都好，反正就另尋出路。」

前一陣子還是疫情的時候，我碰到一個老同事，醫藥線的，他說這條線記者非常難找，因為醫藥線的記者做了三年之後，藥廠都熟了，人家就用三倍薪水把人挖走了。（喬伊斯：喔，做公關什麼的。）對，我問他說你現在新進的記者薪水是多少？我一聽就嚇壞了，跟快三十年前、一九九五年我進報社的時候一樣，而且我當時還不是外勤，三十年前跟和現在的薪水竟然沒變！他就跟我說，是醫藥線才有這個薪資水準。

喬伊斯：我進《路透社》從助理開始，起薪是兩萬，應該是一九八九年？我外派新加坡的時候是一九九七年，那這中間是過了大概八年，我離開台灣的時候薪水是十三萬。

最近我聽說有一個我不認識的《路透社》同事，跟公司有官司的問題，然後他告贏了，那個訴狀全部都在網路上，大家都看得到[61]，有同事轉給我看，他的薪水也不少，台灣的記者現在薪水都不高嗎？

李志德：台灣記者到現在就都還是這樣。我去做《公視》董事的時候，最後通過一個議案就是他們的加薪案，其中有一個條件：「在三萬元以下的人，無條件先加薪到三萬。」所以表示《公視》至少在去年，都還有月薪不到三萬元的員工。很可怕啊。

喬伊斯：三萬真的是太低薪了，當然不能拿外電比較，因爲外電的待遇一直是不錯的，但是我聽到國內的記者拿那麼少的錢，真的覺得你給香蕉只能找到猴子。

矢　板：不，我覺得不光是記者，而是整個台灣經濟、薪水沒有成長，被中國席捲式吸走了，人才、經濟都被吸走了。不光是記者，其他行業也都沒有漲。我覺得這真是台灣一個很大的悲劇，所以說才有二〇一四年的太陽花運動。雖然那些統派都說經濟統合，但經濟統合的話台灣根本競爭不過中國嘛，競爭不過，那台灣就完蛋了。確實，我覺得現在這幾年切斷和中國的臍帶的話，台灣還一點點漲上來。（喬伊斯：有一點點，還是非常的小幅度。）

61 台灣高等法院106年度勞上易字第112號民事判決，裁判案由為給付資遣費等。

26. 志願到烏克蘭戰鬥陣亡的曾聖光

喬伊斯：大家都說年輕人比較不關心事情，或者沒有野心抱負，但是也有到烏克蘭前線然後戰死的這一位曾聖光。我自己對這個其實沒有太大的感覺，我看到時覺得「喔，這個年輕人是挺不錯的」，但是很多人覺得是很大的一件事情。我跟菲爾提到這件事情的時候，他等一下可能會講，他說在英國也有去國外參戰的這種年輕人，不過他不太理解曾聖光動機是什麼。兩位怎麼看？他代表的是什麼樣的台灣人？少數的台灣人？

李志德：日本有志願兵去參戰嗎？

矢　板：有，也有像曾聖光這樣陣亡的人出現。全世界都有很多去烏克蘭的，很多人有從軍的經驗，當然也有很多人已經戰死，我覺得他們爲了理想，或者爲了正義，他們的各種聲音就是爲了國際社會這個普世價值，我覺得應該跟他是不是台灣人沒有太大關係。

我是很欽佩這種人的，另外一個就是很高興台灣人也能夠在這種時候跟國際社會站在一起，在這種價值觀的大是大非的時候，能夠沒有站錯隊，我覺得這是一個很了不起的事情，表示非常欽佩。

李志德：台灣有這樣的一個人，我認爲他會打破一種刻板印象，就是大家在討論當中共打來的時候，台灣人會不會抵抗？或者是究竟台灣有沒有一個尚武傳統的時候，曾聖光給了我們一個很不同的印象。

一般覺得台灣人不喜歡打仗、不喜歡起衝突，但是我覺得曾聖光讓我們看到：第一是台灣的年輕人，他是一位純粹在台灣社會培養長大的年輕人，在台灣社會的教養裡面，也有這種尚武的精神，也會有反抗意識，姑且借用矢板剛才的話，對於大是大非這件事他是有感覺的，而且是會實踐的。如果說今天不管你是基於什麼原因，你對台灣年輕人的刻板印象，就是躺平、就是投降，那曾聖光完全讓你看到一個相反的例子。今天如果爲了千里之外根本你不認識的人、你沒去過的地方，都有人願意去赴死的話，那將來在評估台灣人面對中共的武力到底會不會反抗的時候，我們其實有一個更好的參考點，就是台灣是有像曾聖光這樣，願意爲公平與正義而戰的人。

這也會讓我們思考另外一件事，我們在談台灣人會不會願意打仗的時候，你去看趙少康、郭正亮這些人常常就說：「哎呀，台灣人不喜歡打仗」，問題是「不喜歡打仗」是個正常狀態，我們是個正常的民主國家，民主國家從來就不是把人都組訓起來準備去打仗，英國人也不喜歡打仗、美國人也不喜歡打仗嘛。

但不喜歡打仗不等於打起仗來會失敗！這是兩件事，因爲民主國家在應對這種危機的時候一定是被動的，你來打我了，我只好反抗，我只好相應而起，保衛我的國家，這個保衛國家的潛力在哪裡？人民有沒有這樣的素質？在曾聖光身上，我們可以看到確實有這樣的素質，有這樣的潛力，而且有這樣的實踐力。

喬伊斯：志德說得很有道理。我們談論年輕一代，總是制式說他們不想做這個、不想做那個，但你看曾聖光，他在台灣長大，並沒有特別高的教育程度，但他有那種爲自己奮鬥的精神。志德的這個觀點非常好，我沒有想過，他打破了一種年輕人都只想開個咖啡店與世無爭的刻板印象，曾聖光以某種方式建立了這個社會好的典範。

菲　爾：是的，我同意他的觀點，曾聖光會成爲這個社會不太有的典範，但曾聖光對我來說還是有許多未解之謎，因爲烏克蘭的情況和其他例子有些不同。

一九三〇年代，數千名英國青年參加了西班牙內戰（Guerra Civil Española, 1936/07/17-1939/04/01），他們因爲反對法西斯主義而參戰，所以去國外參軍也不是什麼新鮮事。住在英國有支持伊斯蘭國的穆斯林教徒，他們去敍利亞打仗，也有英國人去烏克蘭打仗。

你可以充滿激情，成爲法西斯主義者，或是去參戰，但是我無法真正理解曾聖光的動機，以及他認爲這樣做想要實現什麼。我能理解參戰例如是爲了與法西斯主義鬥爭之類，不過參加烏克蘭與俄羅斯的戰爭？我比較難理解。

喬伊斯：我想他的出發點是把台灣投射在這個情況裡面。

菲　爾：哦，沒錯，絕對是這樣，雖然我知道曾聖光爲什麼這麼做，我還是不太能體會他的動機。我能理解一九三〇年代與法西斯主義的鬥爭，尤其是與希特勒的鬥爭。我也能理解宗教信仰，或者英國的穆斯林想去敍利亞爲伊斯蘭國而戰，我知道這些類型的事情。不過無論如何，這些都很令人悲傷。

當你回顧那些年輕人去西班牙爲當地人打仗，反抗法西斯主義等等的行動時，我可以理解他們的行爲。而如果參與烏俄戰爭是爲了在他們的生命中說：「是的，這是一個大冒險，我認爲這會很有趣。」這樣的話就很糟糕。會不會有人加入軍隊打仗時說：「好，讓我們去打仗吧！」但他們可能以爲戰爭將會在聖誕節前結束。當然我無法得知參戰背後的原因，但對他國戰爭沒有相當的了解就去從軍，是相當可怕的事。

有時我在想，有些年輕人這樣做是不是有點被誤導了？這可能是他們所尊崇的一個原則，而不是一種可怕的光榮感。更重要的是他們想像這樣做是正確的，例如有些年輕人參加了第一次世界大戰，他們報名參軍，但在戰爭結束之前就去世了。當時他們或許想著「這會很有趣」，但實際上這非常可怕，西班牙內戰也是如此。如果他們意識到戰爭會讓自己陷入什麼樣的後果，他們還是會從軍，或是會改變主意？我希望曾聖光這個台灣人不是這樣的情況。

不過，是的，志德提出來的是一個有趣的觀點。你可以爭論說他是不是被誤導了，但不可否認他是非常有原則的年輕人，不論是否能解讀成這是一種抱負。

喬伊斯：我發現這個討論很有趣，我們的觀點是完完全全不同的出發點，志德看到的角度跟菲爾看到的角度是完全不一樣的。我覺得志德說的那個是很有道理的，就是給了一個不同的觀點或是典範，你看到有一個年輕人，他很年輕，在台灣長大，他去做這樣子的事。所以可以想到以後國家遇到事情的時候，我們很有可能看到其他的曾聖光。

但是菲爾的觀點不一樣，他好奇的是曾聖光個人的動機究竟是爲什麼？這是我覺得最有趣的地方。常常我在講一些關於台灣的事情的時候，不論我怎麼努力解釋，他就是沒有辦法、過不去我要解釋的那個東西。例如菲爾就一直想要理解，曾聖光是爲了什麼要去？曾聖光應該是爲了一個理想要去，但是你的理想是什麼？

所以有時候我發覺要去跟人家解釋中華民國跟中華人民共和國，對一些外國人來講是很難去解釋的。這又回到很多台灣人埋怨別人爲什麼不了解台灣，可是真的不能期待所有的外國人都了解這中間的複雜性。

27. 台灣年輕人在我們不知道的時候跑到世界各地去了？

李志德：對於台灣的年輕人——所謂的年輕人，大概是二、三十歲這一輩的，我們究竟了不了解？我覺得我們了解的其實不多。在《端傳媒》剛開始成立的時候，當時的國際新聞主編叫做周軼君[62]，從《新華社》出來，是很傑出的一位記者，會講阿拉伯語，以前在以色列、巴勒斯坦前線跑來跑去。

她當時主持《端傳媒》國際新聞中心，後來也寫在她書序裡面，她說在《端傳媒》工作的經驗裡面，最大的變化就是對台灣人的印象完全改觀了。她說因為《端傳媒》成本很少，所以我們需要世界各地願意幫我們寫稿的撰稿人。當《端傳媒》開始打出一些名號的時候，就收到好多人說：「我在什麼什麼地方，我可以幫你寫稿，你要不要？」這些人幾乎都是台灣人，都是台灣年輕人，而且在各種奇怪的地方。

62 **周軼君**（1976-），中國戰地記者，紀錄片導演，製片人。曾任《端傳媒》國際新聞主編，亦曾親身採訪巴勒斯坦領導人阿拉法特、阿巴斯，對哈瑪斯組織創始人亞辛的專訪被多國媒體轉載。

譬如說在綠色和平的船上當船長的，或者是當那個二副還是三副的，那裡面有台灣人，而且是很年輕的台灣人。莫名其妙就在那邊，你從來不知道台灣有年輕人會跑到綠色和平的船上去當到三副。[63]或者是有人寫信給周軼君說：「我現在在中東，我有辦法擠上一艘難民船到歐洲去，我寫個稿子給你要不要？」但是軼君絕少收到中國人，或者是香港的年輕人跟她這樣講。

因爲我們的媒體對於國際新聞的報導實在是太貧乏，所以台灣的年輕人，是不是在我們不知道的時候，已經跑到世界各個地方去？只是我們都看不到，因爲媒體不去報導，我們也不關心這些國家。所以比起我們常說台灣年輕的一代，更怎麼樣怎麼樣，我反而覺得今天封閉的，或者是搞不清楚狀況的，說不定在台灣是大人而不是年輕人喔！

喬伊斯：這個我也很有體驗，我還在念輔大英文系的時候，系上可以講非常流利英文的不多，其他的我們就是隨便講一講。後來我二〇一四年回來台灣，那時的系主任是以前我的老師，邀請菲爾到系上開英文新聞寫作。當時我發現可能有一半以上系上學生的英文，幾乎都是呱呱叫，我以前系上大概七十個裡面有十個算了不起了。（李志德：而且妳還是英文系的。）對，而且是英文系。現在大概一半以上的學生，他跟你講話，口語都是非常非常流利的。

我還覺得很驚訝的是，菲爾當時去上課的時候，系主任說：「那好，開英文新聞寫作。」其實這跟英語系有什麼關係呢？我們念的是英國文學啊。系主任還說：「你還有沒有什麼可以教的？」菲爾說：「我覺得學生應該懂點經濟，所以我可以教一點基本的經濟，用英文教。」系主任也說好：「那下個學期還可以開什麼？」菲爾說：「我覺得可以開個跨文化的認識，因爲我覺得台灣人的認識不太夠。」系主任也說好。

63 關於台灣人在綠色和平船上的經歷，可參考〈台灣女孩擔任綠色和平船艦水手，工作秘辛大公開〉一文：https://www.greenpeace.org/taiwan/update/20277/。

所以我覺得在高等教育方面，就我自己的學校來看，我覺得輔大英文系是非常開放的，所以學生可以接觸到的面向非常多。像我那個年代就只有念英國文學，其他很少，現在學生則是有各個不同的領域可以去學。

菲爾也在台大新聞所開過課，那時候他開一個東亞時事的課程，也是很多元，學生非常有見解，好幾個都在新聞界有很優秀的表現。所以我很同意志德說的，有時候我們的確低估了年輕人，光覺得他們是躺平，或者是覺得他們好像只會玩手機。有些人的確是不問世事，但是不完全是這樣子的。

李志德：對，確實是這樣，我覺得他們優秀的那一批比我們當年更優秀得多。我現在在台大新聞研究所也有教課，要說對年輕人的總體印象，至少我們能夠接觸到的，能夠唸台大的，不管他來自什麼樣的社經地位，這一代人他們的英語能力、他們其他的許多能力，其實都遠遠好過我們那個時代。（喬伊斯：都非常強。）

他們擁有的機會也超過我們，譬如大二、大三就有機會到國外去交換留學個兩年又回來，我們以前沒有這個機會，我們要等到退伍，再拼命去補托福才有機會出國念兩年書。

但是他們現在早早就能這樣，電視打開就是網飛（Netflix），要看BBC隨時都有，只要你願意學，到處都是英語的環境。所以說不定我們在無意之間，在這個自由開放的時代，培養了一批非常優秀的人，我們自己都不知道。

28. 台灣搞不清楚狀況的，說不定是「大人」？

喬伊斯：這邊提到台灣的「大人」該怎麼突破長年受黨國教育影響的資訊侷限？年紀大的長輩，我覺得那才是最最難去影響的一個族群，你怎麼樣去讓他們了解，什麼是真的？什麼是假的？不要講對錯，真的假的他們都分不清楚，我想黨國教育這樣子教下來，你就是一味地吸收他給你的資訊，不用去消化，也不用去求證，資訊是單方面餵養的。

所以這些人更難改變，年輕一代因爲他們知道得更多，成長的環境也不同，當然會比較開放。現在的問題是，老一輩的人怎麼幫助他們擺脫這種思維方式。

菲爾：當涉及到代溝問題時，情況就會變得很複雜。我們很難改變老年人的思維方式，除非他們自己想改變。當然隨著時間的推移，這種思維方式會逐漸消失，英國也是這樣。英國脫歐時，有很多人非常熱愛回憶戰爭：「歐洲，我們不喜歡歐洲！我們不喜歡法國人！我們不喜歡德國人！」但你知道，這些人正在逝去，他們的思考模式也會一起消失，現在很多英國人都想重新加入歐盟了。

懶得出去投票的年輕人沒有贏得脫歐公投，結果是他們未來的人生都會受到影響。當時的公投是去投票的年長者主導的，他們非常反歐洲，但是他們的人生有限，但是他們爲年輕人決定了未來。

有些人擔心這些老人的投票，甚至提出說：「如果你超過六十歲，就不能投票。」（笑）因爲，「對不起，這不關你的事。你已經退休了，投票結果根本不會影響你。」（眾人大笑）我對此無能爲力，我認爲你無法真正解決它，你只能等待。（喬伊斯：等到老一輩他們過世。）

沒錯，是的，但是潮流一直在改變。認真來說這就是關鍵，不是嗎？有時候這都只是一種思維模式，我父親結婚後，有了兩個孩子，因爲這是當時大家的期望，結婚然後有兩個孩子。我問他：「你爲什麼要生孩子？」他說：「爲什麼？因爲每個人都應該這樣做啊！」

現在完全變了，我沒有孩子。在我和我哥哥進入青少年和二十歲剛成年的時候，人們開始這樣想：「對，我不想要孩子。」這是一個巨大的世代變化。例如在戰後生育率直線上升，出現了嬰兒潮，很明顯是因爲戰爭結束了。生育率到了我和我哥哥這一代慢慢地下降，現在下降得更多了。

我認爲這是世代問題，你必須等待他們漸漸逝去。我們都認識一些老的國民黨人，對吧？（眾人大笑）我和朋友談論到國民黨，他們總是說他們永遠不會改變，別指望了吧。（笑）

喬伊斯：所以說要突破這些年長人的資訊限制，我覺得能做多少做多少吧，就像很多人做些什麼長輩圖，或者是嘲笑他們一下，但是我真的覺得可以做的事情太少了，我也不知道到底還能怎麼做，等他們自然被淘汰？（笑聲）

29.台灣對當代中國和中共政權的認識非常不足

喬伊斯：現在這個潮流或趨勢，就是幾乎是全球開始對中國有一個警覺心，但是只有台灣對中國不但警覺心沒有提高，反而好像是反其道而行，所以從年輕學生到成年公民，台灣人對於中國或者中共政權的認識，是足還是不足？夠不夠正確？

李志德：覺得不足啊，非常不足。就是說，不足也是一個歷史共業，還是要講到過去民主化的那個過程裡面，其中有一個對抗的標的，就是國民黨的這個「中國符號」嘛，所有的中國符號是要消滅？或是代換成台灣的？你所有對於中國的期待，譬如還期待回中國，這件事是要嘲笑的，本來也就應該要嘲笑。所以過去在民主化運動裡面，都以解除中國元素作爲依據，那在這種情況之下，當民進黨成爲主流意識形態的時候，就不覺得認識中國這件事情重要。

但是你回頭去看，曾經有很長一段時間，特別是在國民黨威權的那段時間，在馮客教授[64]的書，提到他來台北調查局去看當年的國民黨陸工會[65]收回來的檔案，他覺得當時蔣介石所獲得的中國情報是最真實的，比任何西方國家都真實，因爲文化大革命的時候，我們就有特務在北京，不斷地收情報回來，但是這個東西到後來是被當垃圾一樣丟掉的。因爲這些資料，這些認識，是拿來服務國民黨政權的，所以把它當垃圾一樣丟掉。

到今天也是一樣，就是已經到了一個反轉的時候，我們面對中國，必須要了解他，就必須要重新建立對中國的認識，乃至於中國共產黨的宣傳、中國共產黨的話術，或者是他們內部的鬥爭、對外的鬥爭，其實只要多讀一些中國共產黨的歷史，要看穿現在共產黨，我都覺得不是困難的事。爲什麼這麼多人還是會去相信呢？就是因爲不看過去共產黨的歷史嘛。

喬伊斯：矢板覺得台灣人對於中國政權，或是共產黨認識的程度是怎麼樣？

矢　板：我覺得很少，要不就是避而不談，其實本來了解共產黨的是國民黨，台灣的統派那些人，但是這些人現在拿到好處就不說話了，所以說這些人他們就不研究了。

另外一群台灣所謂的本土派，就天天研究國民黨，他們對於共產黨基本上覺得跟我沒關係，所以說對共產黨的認知其實是很簡單的，要不就是覺得共產黨很快、馬上就垮掉了，覺得共產黨根本不值一提。要不就是把中國所有的社會問題點拿出來以後，誇大宣傳中國共產黨不用害怕，是一個馬上就完蛋的政黨。

國民黨又過份強調共產黨很可怕，有多了不起，在台灣就是沒有中立客觀

---

64 **馮客**（Frank Dikötter，1961-），荷蘭學者，中國歷史學家。現任香港大學歷史系講座教授，教授中國近代史。二〇一一年以《毛澤東的大饑荒——1958-1962年的中國浩劫史》獲塞繆爾·約翰遜獎。

65 **國民黨陸工會**，是「中國國民黨中央委員會大陸工作會」的簡稱。原為「中國國民黨中央委員會第二組」（簡稱中二組、第二組），是中國國民黨在第二次國共內戰失利後職司統籌敵後派遣及情報蒐集的單位，一九七二年中六組併入中二組後，更名為陸工會。二〇〇〇年第一次政黨輪替後整併為「中國國民黨中央委員會政策委員會大陸事務部」。二〇一八年組織調整改為「中國國民黨中央委員會大陸事務部」，主任由黨主席特別顧問兼任。

的聲音，我覺得台灣年輕人也分成兩隊。比如說像日本的話，中國研究圈裡的人，每年大概都有至少十本以上關於中國的書出來，基本上就是從各個角度都去研究，而且日本人不管你也許偏左偏右，但是大體上研究中國都是客觀的。所以這一點台灣很少見。（喬伊斯：比較不足。）

幾年前我寫了一本《人民解放軍的真相》，因爲是用日文寫給日本人的，也就是說非常簡單、大而化之，而且就是粗枝大葉地寫出來，那本書翻譯成中文居然在台灣也賣得很好！當時我認爲台灣跟中國語言共通，又是正對面的敵人，我這本書應該是太淺薄了吧？這是教給日本人有關毛澤東啊、有關朱德的這些故事，結果這些內容好像台灣年輕人都不知道，而且我發現台灣市場沒有類似的書。（喬伊斯：對，沒錯！）也沒有更深度的書，所以我覺得這是台灣一個很有問題的現象。

菲　爾：我在台灣的幾個新聞傳播研究所開過課，有不少部分的課程在介紹二戰以來亞洲發生的事情，我發現每當我跟台灣學生談話時，不少人對近代歷史了解的淺薄令人難以置信，或者應該說幾乎完全不了解。我認爲這是一個完全的缺失，這些歷史大部分年輕人可能是因爲沒聽過或不想自學，而沒有去深入探究或是連稍微了解也沒有。我認爲矢板先生所言完全正確。

舉香港爲例，除非有人自一九九七年以來一直生活在山洞裡，否則他們看看香港發生的事，一定會好奇爲什麼吧？任何對此好奇的人都會問：「爲什麼這些香港學生要做這些事情？」答案很簡單，都是因爲中國。

所以他們必須去認識一些事，才能開始了解共產主義和隨之而來的意義。台灣的年輕人必須知道現在有多少香港年輕人想要前往英國，他們應該思考到底爲什麼會發生這種情況。在他們的腦海裡，他們一定要想像在一些方面台灣有點像香港，不是嗎？如果他們想知道，那是一件好事，我認爲他們必須試著去認識共產主義，知道共產黨的根源和革命。對歷史的了解很淺是因爲缺乏教育，或是缺乏好奇心，我不知道。

就算是學士或碩士學程的學生，對於二戰後日本的歷史和建立日本經濟後對台灣、南韓的影響，以及這些因素如何造就了今天這三個國家，我認爲年輕人的了解非常缺乏，可以說幾乎什麼都沒有。當我教授這些知識時，學生們都像是第一次聽到一樣，甚至有很吃驚的反應，這是不對的，他們應該已經知道了一些，而不是一無所知。

我相信這些歷史一定是在學校的課程當中，但或許是因爲教育體制的原因，我不確定，台灣年輕人對歷史的了解非常淺薄。但香港所發生的事，應該會引起他們的注意吧？他們應該想了解爲什麼這些人在抗議？爲什麼鎮暴警察使用催淚瓦斯？香港發生的事是一個超大的重量級新聞，你不可能錯過。在台灣年輕人的腦袋裡，一定要考慮：「嗯，台灣有點像香港。」他們應該要去認識並且深思台灣和香港相似和不同之處。

李志德：所以以我們記者這一行來講，就包括矢板自己都寫過關於中國的書，很有意思的一件事情，就是今天西方記者從文革結束之後開放，《紐約時報》

第一個進去的記者叫包德甫（Fox Butterfield），他出來之後就開始寫書[66]，所以好多好多的英國、美國的記者去中國，在任期結束之後就寫一本書，甚至後來再去又寫一本書。日本記者也是這樣。

喬伊斯：台灣的記者大概沒有什麼人寫過。

李志德：對。我覺得奇怪的地方就是在這裡，像我們台灣人最早進去的時候——李永得、徐璐當年進去中國，出來有寫了一本書《歷史性．大陸行：中國大陸採訪記實》。我們去駐點的時間其實也不比西方記者晚，但是後來台灣人出來就幾乎沒有人寫書。

沒有人寫書原因很多，我認爲其中有一個原因是我們在政治的認識，或者

66 **包德甫**（Fox Butterfield，1939-），一九七九年中華人民共和國與美國建交，同年六月《紐約時報》派包德甫駐北京，直至一九八一年反美，隔年四月即出版《苦海餘生》（China, Alive In The Bitter Sea）一書，描述鎖國多年的中國情形，揭發中共文革、清算、迫害等內幕。此書一出造成轟動，改變美國人——尤其是知識份子——對中國共產黨的看法，產生了深遠影響。

是格局上面，到中國的記者是在跑「兩岸新聞」，就不把整個中國當管區。就是說你《路透社》到北京去，你認為全中國都是我的管區，所以我在中國看到什麼題目我都可以寫，但是台灣記者永遠的自我認知就是說：「我是跑兩岸關係。」兩岸關係沒什麼好跑，就是台辦，台辦其實在整個中國裡面是一個很小的單位，兩岸關係裡面永遠就是那些事情，台商啦、台生啦、意外啦、……。所以政治上的格局，限制了台灣記者的眼界，是後來我們沒有大量的記者去寫中國現場觀察的一個很重要的原因。

30. 代結論：給台灣成年公民和年輕世代的建言

喬伊斯：時間也差不多了，最後我們要看有什麼建言可以給年輕人或者台灣人。選舉要到了（笑），要給的建言太多了。

菲　爾：我們已經看到美國在川普身上做出了一個糟糕的政治決定，（眾人大笑）

也看到英國在脫歐問題上做出了一個糟糕的選擇，然後選民對他們的決定後悔了，於是川普沒有連任，後悔脫歐的聲音開始在英國出現。

這兩個國家的選民在短期的政治遊戲裡做出決定，影響卻是長期的。我擔心的是台灣下次的大選，有人會爲了眼前的好處而投票，例如他們以爲投給國民黨後中國的威脅或許會減低一些，但這一定是短期的，然後他們會後悔。

更糟糕的是，如果發生這種情況，現在正在提供武器或是在外交上幫助烏克蘭的國家會開始遲疑：「嗯，台灣剛剛選了一個親中國的政府。」因爲台灣投票選出一個親中國的政府，如果中國做了什麼壞事，這些民主國家得考慮：「我們要繼續幫助台灣嗎？但是他們剛剛民主投票選出親中國的政府，那是民主的決定，他們已經投票決定支持誰，這不再是我們的事了，我們無能爲力，因爲和中國保持距離不是他們想要的。」

如果發生這種情況，那將會是非常諷刺。在我看來，那會是一場大災難，但這就是民主。

喬伊斯：志德有什麼建言？

李志德：我覺得不用我們給年輕人建言，以他們現在的學習能力跟資質。反而是大人，我覺得身爲台灣人的大人，唯一的義務就是保住這個自由的環境。

在漢人的傳統裡面，有一種非常嚴厲、罵人的說法，就是「你這個敗家子！」所謂的敗家子，就是你把祖宗積累的財產都敗光了、花光了。但是我覺得在面對極權國家，對極權投降這件事，是另外一種敗家子！是在敗壞你小孩的財產，在剝奪你小孩未來的選擇！換言之，今天如果說我們扛不住，或者是我們努力扛，但是失敗了，那我們的小孩最後只有兩個結局：一、他就是成爲獨裁統治集團的一員；二、他就是成爲獨裁統治集團的奴隸。

那也就是說，投降這件事情，對我們這一代人來講，成本是小的，而且你看香港尚且過了二十年好日子，香港至今還沒投降呢。如果我現在投降了，可能我的生活不會有太大的改變，但是今天面對最大的改變，是我的孩子，是我的孫子，是我的下一代，他們所有發展的可能，是被我們投降敗光的。所以選總統這件事情，或者是在考慮保衛台灣這件事情，我覺得加一個引號吧，就是「期許我們自己不要當敗家子」。

矢　板：那我簡單講一下，我覺得台灣有幾個要注意的點，一個是要「國際化」，要走出去！台灣現在和全世界都面臨剛才講的內卷化現象，大家越來越躺平、只關心自己。但是在過去，我們看到譬如說蔡英文那一代人，那時候台灣社會菁英沒有去過美國的是鳳毛麟角，就是上一代台灣人基本上全部出去。

台灣現在年輕人出國留學的越來越少，我們日本也是有這樣的現象，但是我覺得台灣畢竟要和國際社會緊密結合在一起，要吸收全世界最先進的各種知識與想法，這樣台灣的國際化才是台灣最安全的一個保障。

所以說台灣年輕人不要光看著島內，視野要往外，勇敢闖出去，就跟上一代台灣人一樣。我覺得現在台灣這幾代人的安全，不論藍綠，都是上一代人往外闖，再將所學、所知、所歷練帶回來，使台灣國際視角有非常高的高度，我希望新一代的台灣人能夠傳承下去。

另外一個要對「中國的邪惡」有清醒的認識。中國會有各種各樣比如抖音、小紅書，透過這些東西對台灣進行滲透，中國的本質是個邪惡的共產政權，他要併吞台灣，這一點一定要隨時保持一個清醒的認識啊！並不是說中國的東西不要看，但是看完了，你要明白他在說什麼，要有這麼一個隨時警惕的心，這是很重要的。

最後還有一點，就是多讀一些歷史，包括台灣的民主化抗爭的歷史，也讀一些中國共產黨欺壓人民的歷史。我覺得這些書會使自己看問題、想問題時更有深度。

喬伊斯：大家的看法都差不多，國際化一點，多讀一點書。我自己覺得最重要的是，即使我沒有小孩，在選舉的時候必須要想到下一代。就像志德講的，我們再活二十年三十年，也還是有好的日子可以過，之後就是下一代的事了。

就算你沒有下一代，你的親戚朋友還是有下一代，你可以完全不在乎嗎？所以我想告訴所有的台灣人：如果你的人生已經過了大半，千萬不能只想著自己的餘生，認爲下一代的生活不關你的事。如果你還年輕，一定要去投票，不要讓別人投票決定你要的未來。

＊更多關於國際關係、新冷戰的精彩討論，請見《三大總編來開講：矢板明夫×李志德×孟買春秋菲爾・史密斯——2024不祇是選總統：你的一票決定台灣未來一百年！》。

三大總編來開講：
矢板明夫×李志德×孟買春秋菲爾・史密斯
認知戰下的台灣：寫給新世代台灣人的備忘錄

對　　談／矢板明夫、李志德、孟買春秋菲爾・史密斯
主　　持／孟買春秋喬伊斯
策劃主編／玉山社編輯部
副總編輯／蔡明雲
行銷企劃／黃毓純
業務行政／李偉鳳
封面設計／萬勝安
內文排版／菩薩蠻電腦科技有限公司

發 行 人／魏淑貞
特別助理／鄭凱榕
出版發行／玉山社出版事業股份有限公司
地　　址／106060 台北市大安區仁愛路四段 145 號 3 樓之 2
電　　話／(02) 27753736
傳　　真／(02) 27753776
郵　　撥／18699799 玉山社出版事業股份有限公司

法律顧問／魏千峯律師
初版一刷／2023 年 7 月
定　　價／320 元
I S B N／978-986-294-347-2

玉山社／星月書房
service@tipi.com.tw ｜ https://www.tipi.com.tw

國家圖書館出版品（CIP）預行編目資料

三大總編來開講：矢板明夫×李志德×孟買春秋菲爾・史密斯：認知戰下的台灣：寫給新世代台灣人的備忘錄／矢板明夫，李志德，菲爾・史密斯對談；玉山社編輯部策劃主編. -- 初版. -- 臺北市：玉山社出版事業股份有限公司，2023.07

面；14.8X21.0　公分

ISBN 978-986-294-347-2（平裝）

1. CST：新聞報導　2. CST：新聞媒體　3. CST：言論集　4. CST：臺灣

895.3　　112005476